कालजयी कवि और उनका काव्य

सूरदास

संपादक
माधव हाड़ा

राजपाल

ISBN : 9788195297559

पहला संस्करण : 2021 © राजपाल एण्ड सन्ज़

KAALJAYI KAVI AUR UNKA KAVYA : SURDAS (Poetry)
Edited by Madhav Hada

राजपाल एण्ड सन्ज़
1590, मदरसा रोड, कश्मीरी गेट, दिल्ली–110006
फ़ोन : 011–23869812, 23865483, 23867791
e-mail : sales@rajpalpublishing.com
www.rajpalpublishing.com
www.facebook.com/rajpalandsons

क्रम

भूमिका

यह विडंबना ही है कि मध्यकालीन संत-भक्त कवियों में सूरदास की चर्चा तो बहुत हुई, लेकिन उनकी कविता के महत्त्व का आकलन-मूल्यांकन अभी तक ठीक से नहीं हुआ। उनकी कविताओं में जीवन का वैविध्य जिस सघन और ऐंद्रिक रूप में मौजूद है, उसकी पहचान बहुत कम लोगों ने की है। हिन्दी के मध्यकालीन चार बड़े संत-भक्त कवियों—तुलसी, सूरदास, जायसी और कबीर में से तीन पर विचार का प्रस्थान रामचन्द्र शुक्ल की आलोचना से हुआ। उन्होंने तुलसी, जायसी और सूर की कविता पर विस्तार से विचार किया। कबीर उनकी निगाह में नहीं चढ़े, लेकिन बाद में हजारीप्रसाद द्विवेदी ने उनकी कविता की महिमा को प्रतिष्ठापित किया। रामचन्द्र शुक्ल ने तुलसी, जायसी और सूरदास की कविता पर विचार किया, लेकिन इनमें से तुलसी और जायसी की पहचान और मूल्यांकन का काम उन्होंने मनोयोग और श्रम से किया। तुलसी में तो वे ऐसे रमे कि उनकी कविता का लोक संग्रह और उसमें जीवन का विस्तार और वैविध्य उनके साहित्य के मूल्यांकन की कसौटी ही बन गए। सूरदास पर उन्होंने विचार किया, लेकिन उन्होंने उनको तुलसी की विशेषताओं की कसौटी पर परखते हुए केवल शृंगार और वात्सल्य के सीमित सरोकार वाला कवि मान लिया। रामचन्द्र शुक्ल के वैदुष्य और वर्चस्व का ऐसा प्रभाव पड़ा कि उनका सूरदास विषयक यह प्रस्थान हिन्दी आलोचना में रूढ़ि बन गया। परवर्ती आलोचना और उसमें भी ख़ास तौर पर अकादेमिक आलोचना में सूरदास की पहचान और समझ विरह, संयोग, वात्सल्य और वाग्विदग्धता जैसे सरलीकरणों में होने लगी। अपने समय की 'परिस्थिति से अनजान' भक्ति-प्रेम में डूबे संत-भक्त कवि की आरम्भिक पहचान के कारण जीवन से सीधे संबद्ध उनकी कविता की सही पहचान और मूल्यांकन नहीं हुआ। जीवन के प्रति अनुराग जगाने में वैष्णव कवियों की भूमिका से रामचन्द्र शुक्ल सर्वथा अनजान नहीं थे। *भ्रमरगीत सार* की भूमिका की शुरुआत में उन्होंने इस ओर संकेत करते हुए लिखा, 'मनुष्यता के सौंदर्यपूर्ण और माधुर्यपूर्ण पक्ष को दिखाकर इन कृष्णोपासक वैष्णव

कवियों ने जीवन के प्रति अनुराग जगाया, या कम-से-कम जीने की चाह बनी रहने दी।' पर वे इसके विस्तार में नहीं गए। बाद में हजारीप्रसाद द्विवेदी का ध्यान भी इस ओर गया, लेकिन कबीर की अनदेखी करने वालों को तो उन्होंने आड़े हाथों लिया, पर सूरदास की कविता पर नाक-भौं सिकोड़ने वालों पर वे केवल उँगली उठाकर रह गए। हजारीप्रसाद द्विवेदी ने रामचन्द्र शुक्ल की तरह सूरदास की कमियाँ तो नहीं गिनाईं, लेकिन उन्होंने कबीर की तरह उनकी सराहना भी नहीं की। कारण साफ़ था—आख़िर सूरदास उनके प्रिय कवि कबीर का प्रतिपक्ष जो थे। सूरदास ने जमकर निर्गुण की निंदा की है और हजारीप्रसाद द्विवेदी यह जानते थे कि निर्गुण उपासना से सूरदास का मतलब शायद कबीरदास की साधना से है।

1

सूरदास के जन्म, जीवन, मृत्यु और साहित्य को लेकर विद्वान् और अध्येता एकमत नहीं हैं, इसलिए इस संबंध में अन्य संत-भक्तों की तरह ही कुछ भी पूरी तरह निश्चित नहीं है। सूरदास के जीवन से संबंधित जानकारियों का स्रोत उनकी रचनाएँ—*सूर सागर*, *सूर सारावली* और *साहित्य लहरी* के अलावा वल्लभ सांप्रदायिक साहित्य और अन्य धार्मिक चरित्र-आख्यान हैं। *सूर सारावली* और *साहित्य लहरी* में सूरदास के जीवन से संबंधित संकेत हैं, लेकिन इन दोनों रचनाओं की प्रामाणिकता ही संदिग्ध है। वल्लभ सांप्रदायिक ग्रंथों में सूरदास के जीवन के संबंध में पर्याप्त सामग्री है, लेकिन इनमें इस सामग्री के संप्रदायीकरण का आग्रह बहुत है। सूरदास के जन्म स्थान के संबंध में विद्वानों के बीच पाँच स्थानों—गोपाचल (ग्वालियर), मथुरा क्षेत्र का कोई गाँव, रुनकता (आगरा), सीही (दिल्ली) और सीही (आगरा) की चर्चा हुई है। *साहित्य लहरी* के अंत:साक्ष्य से पितांबरदत्त बड़ूथवाल गोपाचल, रामचन्द्र शुक्ल, श्यामसुंदर दास, रामकुमार वर्मा और ब्रजेश्वर वर्मा गऊघाट, हजारीप्रसाद द्विवेदी रुनकता और द्वारकादास पारीख और प्रभुदयाल मीतल हरिराय के *भाव प्रकाश* के आधार पर दिल्ली के पास स्थित सीही को सूरदास का जन्म स्थान मानते हैं। हरिराय ने *भाव प्रकाश* की सूरवार्ता में लिखा है, 'अब श्री आचार्य महाप्रभुन के सेवक सूरदास जी (सारस्वत ब्राह्मण दिल्ली के पास सीही ग्राम हैं तहाँ रहते) तिनके पद गाइयत है, सो गऊ घाट के ऊपर रहते।' कुछ विद्वानों का अनुमान है कि इस पंक्ति के कोष्ठक में 'सारस्वत ब्राह्मण' और 'दिल्ली' का उल्लेख प्रक्षिप्त है। *चौरासी वैष्णवन की वार्ता* का उल्लेख बहुत हद तक प्रामाणिक है, जिसमें कहा गया है कि गऊ घाट सूरदास का निवास था और वे गोवर्धन और

पारसोली में भी रहे। सूरदास के जन्म समय के संबंध में विद्वान् एक राय नहीं हैं। *साहित्य लहरी* के एक पद के आधार पर कतिपय विद्वानों ने सूरदास का जन्म समय 1483 ई. (सं.1540) माना है, लेकिन इस पद के कई विरोधी अर्थ किए गए हैं। कुछ विद्वानों ने वल्लभ संप्रदाय के वार्ता साहित्य को आधार बनाकर सूरदास के जन्म समय का निर्धारण किया है। वार्ता साहित्य के अनुसार सूरदास वल्लभाचार्य से दस दिन छोटे थे और वल्लभाचार्य का जन्म 1478 ई. (सं.1535) में हुआ, इसलिए उनके अनुसार सूरदास का जन्म भी 1478 ई. में हुआ। नंददुलारे वाजपेयी की धारणा इससे अलग है—उनका मानना है कि वल्लभाचार्य का जन्म 1473 ई. (सं.1530) में हुआ, इसलिए सूरदास का जन्म भी इसी समय हुआ होगा। आचार्य रामचन्द्र शुक्ल, डॉ. भंडारकर आदि भी *श्रीनाथ जी प्राकट्य वार्ता* के आधार पर वल्लभाचार्य का जन्म 1478 ई. में ही मानते हैं, इसलिए 1478 ई. को ही सूरदास का जन्म समय मानना युक्तिसंगत है। *सूरसागर* में सूरदास के सूर, सूरज, सूरजदास और सूरश्याम नाम मिलते हैं, इसलिए विद्वान् इनको लेकर भी निश्चित नहीं हैं। ब्रजेश्वर वर्मा की धारणा है कि सूरज, सूरजदास आदि नामों के व्यक्तियों ने अपने कुछ पद भी *सूरसागर* में सम्मिलित कर दिए। कुछ विद्वानों का यह मानना है कि सूरदास का संक्षिप्त नाम सूरज था और पदों की गेयता की ज़रूरत के तहत सूर, सूरश्याम आदि रूप बन गए। हरिराय ने *भाव प्रकाश* में सूरदास के सूर का अर्थ योद्धा मानकर इसकी व्याख्या श्रद्धा भाव से की है। उन्होंने सूर श्याम वाले पदों को स्वयं भगवान कृष्ण की रचनाएँ भी माना है। अधिक समीचीन और युक्तिसंगत यही प्रतीत होता है कि सूरदास नाम ही पदों के गेय रूप में सूरश्याम, सूर, सूरज आदि में बदल गया है।

सूरदास की जाति और वंश पर विद्वानों ने शोध और विचार किया है। *सूरसागर* के एक पद के अंत:साक्ष्य के आधार पर चन्द्रबली पांडेय ने उनको जाट जाति का बताया है। ब्रजेश्वर वर्मा, उनको ब्राह्मण मानने के ख़िलाफ़ हैं। उन्होंने उनके ढाढ़ी, जग्गा या ब्रह्मभट्ट होने की संभावना व्यक्त की है, जबकि मैनेजर पांडेय उनको ढाढ़ी नहीं मानते। वे हरबंशलाल शर्मा के हवाले से कहते हैं कि वल्लभ संप्रदाय में राधाष्टमी के दिन ढाढ़ी बनने की प्रथा है और नन्ददास सहित अन्य वल्लभ सांप्रदायिक कवियों के यहाँ भी इस शब्द का प्रयोग हुआ है। सूरदास के वंश निर्धारण का प्रयास *साहित्य लहरी* के एक पद के अंत:साक्ष्य के आधार पर किया गया है, लेकिन इस पद की प्रामाणिकता को लेकर विवाद है। सूरदास के अंधे होने के संबंध में भी विवाद है। यह तो निश्चित है कि सूरदास अंधे थे, लेकिन इसको लेकर विवाद

है कि वे जन्मांध थे या बाद में अंधे हुए। मिश्र बंधु, श्यामसुन्दर दास, बेनीप्रसाद आदि सूरदास को जन्मांध नहीं मानते, जबकि नंददुलारे वाजपेयी ने उनको जन्मांध प्रमाणित किया है। हरबंशलाल शर्मा का भी यही मानना है। सूरदास के आरंभिक जीवन और शिक्षा के संबंध में जानने का कोई स्रोत नहीं है, लेकिन इतना तय है कि जिस तरह से उन्होंने *श्रीमद्भागवत* से प्रेरित होकर पद-रचना की उससे लगता है कि उन्हें शास्त्र, संगीत और कविता का विस्तृत और गहरा ज्ञान था। ब्रजेश्वर वर्मा का अनुमान है कि उन्होंने दांपत्य जीवन व्यतीत किया था। हरिराय के *भाव प्रकाश* के अनुसार वे गृहत्यागी संत थे।

सूरदास की दीक्षा और उसके बाद के जीवन के संबंध में कुछ संकेत वल्लभ सांप्रदायिक ग्रंथों में मिलते हैं। *चौरासी वैष्णवन की वार्ता* के अनुसार आगरा और मथुरा के बीच गऊ घाट नामक स्थान पर वल्लभाचार्य से उनकी भेंट हुई। यहीं पर वल्लभाचार्य ने उनको दीक्षा देकर *श्रीमद्भागवत* के दशमस्कंध की झाँकी दिखाई। वल्लभाचार्य से सूरदास की भेंट का समय भी निर्विवाद नहीं है। पारीख और मीतल ने *श्रीनाथ जी की प्राकट्य वार्ता* के आधार पर इस भेंट का समय 1510 ई. (सं.1567) निश्चित किया है। आचार्य रामचन्द्र शुक्ल के अनुसार यह भेंट और दीक्षा 1523 ई. (सं.1580) के आस-पास हुई। हरबंशलाल शर्मा के अनुसार वल्लभाचार्य ने सूरदास को दीक्षा 1510 ई. में दी। वल्लभाचार्य से दीक्षा के बाद सूरदास ने लीला गायन शुरू कर दिया। बाद में उनके जीवन में दो घटनाएँ हुईं, जिसके संकेत *वार्ता, भक्तमाल* और *मूल गुसाईं चरित* में मिलते हैं। अकबर से सूरदास की भेंट का उल्लेख *चौरासी वैष्णवन की वार्ता* में है और हरबंशलाल ने ऐतिहासिक प्रमाणों से सिद्ध किया है कि यह भेंट 1517 ई. से 1525 ई. के बीच हुई होगी। *मूल गुसाईं चरित* के अनुसार सूरदास की तुलसीदास से भेंट 1559 ई. (सं. 1616) में हुई, जबकि पारीख और मीतल सहित कुछ अन्य विद्वानों के अनुसार यह समय 1569 ई. (सं. 1626) है। *मूल गुसाईं चरित* की धारणा की पुष्टि के लिए और कोई भी प्रमाण नहीं है। सूरदास के निधन का समय भी अनिर्णीत है। पारीख और मीतल ने वल्लभ सांप्रदायिक साहित्य के आधार पर 1583 ई. (सं.1640) में उनका देहावसान माना है, जबकि इससे भिन्न रामचन्द्र शुक्ल 1563 ई. (सं.1620), और मुंशीराम शर्मा 1570 ई. (सं.1627) में उनकी मृत्यु होना मानते हैं। अधिकांश विद्वानों की राय में 1583 ई. (सं.1640) उनके निधन का समय है और प्रमाण भी इसकी पुष्टि करते हैं।

सूरदास के *सूरसागर* के अलावा अन्य उपलब्ध साहित्य की प्रामाणिकता

संदिग्ध है। काशी नागरी प्रचारिणी सभा की खोज रिपोर्ट के अनुसार सूरदासनामी 25 ग्रंथ उपलब्ध हैं, लेकिन विद्वानों ने इनमें से केवल *सूरसागर, सूर सारावली* और *साहित्य लहरी* पर ही विचार किया है। विद्वान् *सूरसागर* के संबंध में एक राय हैं कि यह सूरदास की प्रामाणिक रचना है। वल्लभ सांप्रदायिक ग्रंथों में भी *सूरसागर* का उल्लेख मिलता है। *सूरसागर* के पदों की संख्या के संबंध में विवाद है और यह संख्या 6-7 हज़ार के बीच है। *सूरसागर* दो रूपों—संग्रहात्मक और द्वादशस्कंधी में उपलब्ध है। संग्रहात्मक *सूरसागर* में पदों का संग्रह है, जबकि द्वादशस्कंधी *सूरसागर* में *श्रीमद्भागवत* की तरह पदों का द्वादश स्कंधों में वर्गीकरण है। यह इसको *श्रीमद्भागवत* जैसा बनाने का प्रयास है, जो ज़ाहिर है, सूरदास के बाद में किसी ने किया होगा। संग्रहात्मक *सूरसागर* की प्राचीन प्रतियाँ 1587 रो 1613 ई. (सं.1644 से 1670 ई.) के बीच की हैं, जो सूरदास के जीवन के निकट की हैं, जबकि स्कंधात्मक सभी प्रतियाँ 1696 ई. (सं.1753) और उसके बाद की हैं। मैनेजर पांडेय सहित अधिकांश विद्वानों की राय में संग्रहात्मक *सूरसागर* ही प्राचीन और प्रामाणिक है और इसके द्वादशस्कंधी रूप का संग्रह और संपादन बाद में वल्लभ सांप्रदायिक आग्रह के साथ हुआ। *सूरसारावली* और *साहित्य लहरी* के सूरदास की रचनाएँ होने पर विद्वानों को संदेह है। पारीख और मीतल *सूर सारावली* को *सूरसागर* का सार मानकर इसे सूर की स्वतंत्र रचना मानते हैं। हरबंशलाल शर्मा की राय भी यही है, जबकि ब्रजेश्वर शर्मा और मैनेजर पांडेय के अनुसार यह सूरदास की रचना नहीं है। उनके अनुसार इसकी विषयवस्तु और भाषा-शैली सूरदास की नहीं है। *साहित्य लहरी* में 118 दृष्टिकूट पद संकलित हैं। इस रचना के भी सूरदास की रचना होने के संबंध में विद्वानों में गम्भीर मतभेद हैं। *साहित्य लहरी* में रस, अलंकार और नायिका भेद की पद्धति अपनाई गई है। मुंशीराम शर्मा, पारीख और मीतल, हरबंशलाल शर्मा *साहित्य लहरी* को सूर की एक स्वतंत्र रचना मानते हैं, जबकि मैनेजर पांडेय सहित कई अन्य विद्वानों की राय में यह सूरदास की रचना नहीं हो सकती। ये काव्यशास्त्रीय ग्रंथ हैं, जिसका सूरदास के बुनियादी लीला गायन के कवि स्वभाव से कोई मेल नहीं है। ख़ास बात यह है कि *सूरसारावली* और *साहित्य लहरी*, इन दोनों रचनाओं की प्राचीन हस्तलिखित प्रतियाँ नहीं मिलतीं और वल्लभ सांप्रदायिक वार्ता ग्रंथों में भी इनका उल्लेख नहीं है।

वल्लभ संप्रदाय से सूरदास बहुत घनिष्ठ रूप में संबद्ध थे। उन्हें पुष्टि मार्ग का जहाज़ कहा जाता है। उनकी मृत्यु पर विट्ठलदासजी ने कहा था, ''पुष्टिमार्ग का जहाज़ जा रहा है, जिसे जो लेना हो, ले ले।'' सूरदास ने वल्लभाचार्य से औपचारिक

दीक्षा ली थी, इसलिए उनके दार्शनिक सिद्धांत शुद्धाद्वैत और इसके भक्ति मार्ग पुष्टि का प्रभाव उनकी कविता पर स्वाभाविक है। शुद्धाद्वैत के अनुसार, ब्रह्म माया से अलिप्त है, इसलिए शुद्ध है। माया से अलिप्त होने के कारण यह अद्वैत है और यह सगुण भी है और निर्गुण भी है। पुष्टि मार्ग शुद्धाद्वैत को भक्ति में ढालता है। पुष्टि का शाब्दिक अर्थ 'पोषण' है। वल्लभाचार्य के अनुसार, कालादि के प्रभाव से मुक्त करने वाला कृष्ण का अनुग्रह ही पुष्टि है। उनके अपने शब्दों में, ''कृष्णानुग्रह रूपा ही पुष्टि: कालादि बाधक: ।'' पुष्टि मार्ग के अनुसार, भक्ति का मूलाधार भगवत कृपा और उसके प्रति समर्पण है। सूरदास वल्लभ संप्रदाय में दीक्षित थे इसलिए शुद्धाद्वैत और पुष्टि मार्ग के दर्शन और भक्ति की बारीकियों की उनको जानकारी और पहचान तो ज़रूर होगी, लेकिन उनकी कविता इनका भावानुवाद नहीं है। उनकी कविता में उनका अंत:करण और उसका भावावेग इतना प्रबल है कि यह दर्शन और शास्त्र की सीमाओं से बाहर भी अपने लिए नयी जगहें निकाल लेता है। सूरदास की कविता में भक्ति की इतनी मनोदशाएँ और रूप हैं कि उनको किसी दर्शन के दायरे तक सीमित नहीं किया जा सकता। वल्लभाचार्य के अलावा ब्रजमंडल के दूसरे आचार्यों–चैतन्य, मध्व, निम्बार्क, विष्णुस्वामी आदि का प्रभाव भी उनकी भक्ति और कविता पर है।

2

सूरदास की कविता में जीवन का जैसा वैविध्य है, वैसा मध्यकालीन हिन्दी कविता में अन्यत्र दुर्लभ है। ख़ास बात यह है कि जीवन का यह राग-रंग उनके यहाँ ऐंद्रिक सघनता और गहरे भावावेग के साथ-साथ है। सूरदास जीवन के सघन राग-रंग के बीच में हैं और उसमें पूरी तरह डूबे-भीगे हुए हैं। वात्सल्य और संयोग-वियोग की विवृत्ति उनकी कविता में बहुत विविध, सघन और विस्तृत है। वात्सल्य में तो वे बहुत गहरे और दूर तक जाते हैं। वात्सल्य की पुष्टि मार्गीय शास्त्रीय बारीकियों से वे ज़रूर अवगत रहे होंगे, लेकिन उनकी कविता में ये पूरी तरह उनके भावावेगों पर निर्भर हैं। बालमन की वृत्तियों और मातृहृदय के भावों का जैसा अंकन उन्होंने किया है, वैसा पुष्टि मार्ग में दीक्षित दूसरे कवि नहीं कर पाए। बालमन की कामनाओं, इच्छाओं और उसके राग-विराग की उठा-पटक का सूरदास बहुत बारीक और हृदयस्पर्शी अंकन करते हैं। तुलसी को अपना आदर्श और प्रिय कवि मानने वाले रामचन्द्र शुक्ल भी सूर के वात्सल्य वर्णन पर मुग्ध हैं। वे लिखते हैं, 'कृष्ण जन्म की आनंद-बधाई के उपरांत ही बाल लीला आरंभ हो जाती है। जितने विस्तृत और

विशुद्ध रूप में बाल्यजीवन का चित्रण इन्होंने किया है, उतने विस्तृत रूप में और किसी कवि ने नहीं किया। शैशव से लेकर कौमार्य अवस्था तक के काल से लगे हुए न जाने कितने चित्र मौजूद हैं। उनमें, कवि ने बालकों की अंत:प्रवृत्ति में भी पूरा प्रवेश किया है और अनेक बाल्यभावों की सुंदर स्वाभाविक व्यंजना की है।' रामचन्द्र शुक्ल का यह कथन सूरदास के संबंध में अक्षरश: सही है कि 'वे बाल मन का कोना–कोना झाँक आए।'

सूरदास की कविता में वात्सल्य के एक–दूसरे पर निर्भर और जुड़े हुए दो रूप हैं। एक, बालमन की अंत:वृत्तियाँ और दूसरा, उनका माता–पिता और गोपी–गोप पर प्रभाव। सूरदास को दोनों का विस्तृत अनुभव और सूक्ष्म समझ है। बाल मन की अंत:वृत्तियों में वे दूर तक सभी जगह जाते हैं। बालक कृष्ण का स्नान करवाने पर मचलना, चंद्रमा का खिलौना माँगना, चोटी बढ़ने की इच्छा करना, नाराज़ होकर अपने को यशोदा की जगह नंद का पुत्र कहना, बालकों के साथ खेलने के दौरान झूठ बोलना, गाय चराने के लिए जाने की इच्छा प्रकट करना, गाय दुहना, राधा से उसके संबंध में पूछताछ करना, माता यशोदा को बलराम की शिकायत करना, भोजन करते समय आनाकानी और नखरे करना आदि बालचित्तवृत्तियों के अनगिनत रूप सूर की कविता में आते हैं। सूरदास के वात्सल्य वर्णन की ख़ास बात यह है कि वे बालक कृष्ण की बाल चेष्टाओं के यशोदा, नंद और गोपी–गोप पर प्रभाव की भी सूक्ष्म व्यंजना करते हैं। सूर की इनके चित्त में पैठ बहुत गहरी है। माता यशोदा कृष्ण की बालचेष्टाओं पर मुग्ध होती है, कभी खीझती और कभी इन दोनों के मिले–जुले भाव उसके मन में आते हैं। उसके हृदय के भीतर बालक कृष्ण की बालचेष्टाओं को लेकर होने वाली उठा–पटक को सूरदास बहुत सहज भाव से पकड़ते हैं। 'यशोदा हरि पालने झुलावै' और 'सिखत चलत जसौदा मैया' जैसे कई पदों में सूरदास की इस महारत को देखा जा सकता है। सूरदास नंद और गोप–गोपियों पर बालक कृष्ण की चेष्टाओं का भी सजीव और हृदयस्पर्शी वर्णन करते हैं। सूरदास ने नंद के साथ भोजन करते हुए बालक कृष्ण का बहुत सूक्ष्म, मनोरम चित्र खींचा है। गोपियाँ भी कृष्ण की बाललीलाओं पर अभिभूत और मुग्ध हैं। वे कभी–कभी बालक कृष्ण की बालसुलभ हरकतों से नाराज़ और खिन्न होती हैं, लेकिन अंतत: जीत बालक कृष्ण की भोली–भाली चेष्टाओं और रूप–सौंदर्य की ही होती है।

श्रृंगार और उसमें भी वियोग श्रृंगार सूरदास का अपना मनोनीत क्षेत्र है। संयोग उनकी कविता में सीधे–सीधे भी है और ख़ासतौर पर वियोग में स्मृति के

रूप में तो बहुत मुखर और सघन है। संयोग श्रृंगार सूरदास की कविता में ख़ूब है और ख़ास बात है कि यह उनके संत-भक्त होने की किसी अंतर्बाधा के कारण सीमित या स्थगित नहीं है। वे पूरे मनोयोग के साथ इसके विस्तार और बारीकियों में जाते हैं। वे गोपियों से यह कहलवाने में किसी तरह के संकोच में नहीं हैं कि 'हम तो कान्ह केलि की भूखी।' संयोग की जितनी मनोदशाएँ और रूप हो सकते हैं, वे कमोबेश सभी सूरदास की कविता में आ गए हैं। सूरदास, राधा और कृष्ण की संयोग लीलाओं का अकुंठ भाव से वर्णन करते हैं। राधा और कृष्ण के प्रथम मिलन पर वे लिखते हैं, 'खेलन हरि निकसे ब्रज खोरी।/औचक ही देखी तहं राधा नैन विसाल भाल दिए रोरी। / सूरश्याम देखत ही रीझे नैन नैन मिल परी ठगोरी।' सूरदास राधा और कृष्ण के संयोग का अद्भुत और हृदयग्राही वर्णन करते हैं। दोनों के संयोग के लिए वे कहते हैं कि जैसे कनकलता ने तमाल वृक्ष को आच्छादित कर लिया है। पद की पंक्तियाँ इस तरह हैं—'नवलकिशोर नवल नागरिया अपनी भुजा स्याम भुज उपर स्याम भुजा अपने उर धरिया।'

संयोग श्रृंगार का वर्णन तो सूरदास ने किया, लेकिन मन उनका वियोग में अधिक रमा। वियोग की इतनी मनोदशाएँ और चित्तवृत्तियाँ उनके यहाँ हैं कि इनके अनुभव और समझ पर आश्चर्य होता है। ख़ास बात यह है कि इनमें आवृत्ति नहीं है। वियोग का एक ही भाव उनकी कविता में एकाधिक बार आता है, लेकिन यह हर बार किसी नयी भाव-भंगिमा के साथ होता है। ऐसा लगता है कि सूरदास, वियोग वृत्तियों और भावदशाओं की पहचान और समझ में शास्त्र से बहुत आगे निकल गये हैं। उनके वियोग की मनोदशाओं में दुर्लभ वैविध्य और विस्तार है। गोपियाँ कृष्ण से बिछड़ने की आशंका से ही दु:खी हैं। वे कहती हैं—'सुने हैं श्याम मधुपुरी जात। / सकुचित कह न सकति काहू सौं, गुप्त हृदय की बात। / शंकित वचन अनागत कोऊ, कहि जु गई अधरात।' कृष्ण के बिछड़ने पर तो उनकी दशा बहुत ख़राब हो जाती है। वे कहती हैं—'हरि बिछरत फाट्यो न हियो। / भयो कठोर बज्र ते भारी, रहि के पापी कहा कियौ।' कृष्ण से बिछड़ने की गोपी और ग्वाल-बाल की पीड़ा बहुत भीषण है। गोपियाँ कहती हैं—'नाथ, अनाथन की सुध लीजैं। / गोपी ग्वाल बाल, गाई गोसुत, सब दीन मलीन दिन छीजैं।' कृष्ण के वियोग में उन्हें अच्छी लगने वाली बातें ख़राब और बुरी लगने लगती हैं। गोपियाँ कहती हैं—'अब वै बातें उलट गईं। / जिन बातनि लागत सुख आली, तेऊ दुसह भईं।' उन्हें वियोग में भी कृष्ण का रूप-सौंदर्य स्मरण होने लगता है। वे कहती हैं—'कब देखों इहिं भाँति कन्हाई। / मोरनि चँदवा के माथे पर, काँध कामरी लकुट सुहाई।'

वृंदावन की हरियाली कृष्ण वियोग में उनको चुभती है। वे कहती हैं—'मधुबन तुम कत रहत हरे। / विरह वियोग श्याम सुंदर के ठाढ़े क्यों न जरैं।'

सूरदास की कविता में विनय और सख्य, भक्ति के दोनों रूप हैं। विद्वानों की राय में यह वल्लभाचार्य से उनकी भेंट और इस कारण ईश्वर रूप कृष्ण के साथ उनके संबंध में आई तब्दीली के कारण है। कुछ हद तक यह बात सही है, लेकिन दरअसल यह दोनों भक्ति के प्रपत्ति—प्रेम, समर्पण और निष्ठा का ही विस्तार और पल्लवन हैं। भक्ति के प्रपत्ति रूप का आरंभ दक्षिण में हुआ। शंकराचार्य के निवृत्ति मार्ग के विरुद्ध रामानुजाचार्य, विष्णुस्वामी, मध्वाचार्य, निम्बार्काचार्य और वल्लभाचार्य आदि ने भक्ति के प्रपत्ति रूप पर ज़ोर दिया। दरअसल साधारणजन के लिए भक्ति का यही रूप सुगम और ग्राह्य था। सूरदास की कविता में आकर यह शास्त्र की बारीकियों के साथ उनके हृदय के भावावेगों में घुल-मिल गया है। सूरदास के विनय के पदों में अपने को तुच्छ और नगण्य मानकर ईश्वर के समक्ष समर्पण और उसके प्रति निष्ठा का भाव सर्वोपरि है। 'प्रभु हौं पतितन को टीको', 'चरण कमल बंदौं हरि राई', 'मेरो मन अनंत कहाँ सुख पावै', 'छाँड़ि मन हरि विमुखनि को संग' आदि पदों में अपने को तुच्छ और ईश्वर को सर्वोपरि मानने का यही भाव आया है। सूरदास ने अपनी कविता में भगवान की भक्तवत्सलता की भी बहुत चर्चा की है। उनके अनुसार भगवान भक्तों पर कृपा करके उनका उद्धार करते हैं। उन्होंने कहा है कि 'प्रभु को देखो एक सुभाई / अति गंभीर उदार उदधि हरि, जान सिरोमनि राई।' अपने माया और अविद्या में लिप्त होने का वर्णन भी सूर बार-बार करते हैं। माया के लिए उन्होंने कहा है—'बिनती सुने दीन चित्त दे, कैसे तव गुन गावै। / माया नटी लकुटी कर लीन्है, कोटिक नाच नचावै।' सूरदास के विनय भाव में नाम महिमा भी ख़ूब है। भक्ति में इसकी आवश्यकता पर उन्होंने ख़ासतौर पर ज़ोर दिया है। वे कहते हैं—'बड़ी है रामनाम की ओट / सरन गए प्रभु काढ़ि देत नहिं करत कृपा की कोट।' सूरदास के भगवान हैं तो निर्गुण, लेकिन वे अगम्य मानकर उनकी भक्ति सगुण भाव से करते हैं। उन्होंने साफ़-साफ़ कहा है—'सब विधि अगम विचारहिं तातें सूर सगुन पद गावैं।' विनय भक्ति की अवस्थाएँ— दीनता, मानहर्षता, भय दर्शन, भर्त्सना, आश्वासन, मनोराज्य और विचारणा कमोबेश सभी सूरदास की कविता में आ गई हैं।

सूरदास का विनय से सख्य की ओर झुकाव, कहते हैं, सायास था। वल्लभाचार्य ने उनसे भेंट पर कहा—'जो सूर है के ऐसा काहे को घिघियात हो,

कछु भगवत लीला वर्णन करो,' तो कहते हैं कि इससे प्रभावित होकर उन्होंने सहज भाव से लीला गायन शुरू कर दिया। यह सख्य भाव सूर की कविता में दो तरह का है—एक तो स्वयं सूर कृष्ण के सखा रूप में बराबरी के भाव से उनकी लीलाओं का वर्णन कर रहे हैं। इस लीला वर्णन में कोई दैन्य या दास्य का भाव नहीं है और दूसरे, वे कृष्ण को सखा के रूप में गोपी और ग्वाल-बाल के साथ विचरण और खेल-कूद में निमग्न दिखा रहे हैं और ख़ास बात यह है कि यहाँ कोई छोटा-बड़ा नहीं है। सूरदास का एक बहुत प्रसिद्ध पद है, जिसमें वे कहते हैं—'खेलन में को काको गुसैया। / हरि हारैं जीते श्रीदामा, बरबस ही कित करत रिसैयाँ।' 'बूझत स्याम कौन तू गोरी' भी इसी तरह का पद है, जिसमें राधा और कृष्ण मैत्री भाव से एक-दूसरे से संवाद कर रहे हैं। राधा सख्य भाव से कृष्ण से कह रही है कि—'सुनत रहत स्रवननि नंद ढोटा करत फिरत माखन दधि चोरी। कृष्ण भी उसी मैत्री भाव से उत्तर दे रहे हैं कि 'तुम्हरो कहा चोरि हम लैहैं, खेलन चलौ संग मिली जोरी।'

3

सूरदास की कविता का अधिकांश वियोग शृंगार *भ्रमरगीत* के रूप में है। उद्धव-गोपी संवाद के बीच उड़ता हुआ एक भ्रमर आ गया। कृष्ण से उसके रंग और स्वभाव के साम्य को लक्ष्य कर गोपियों ने अपनी व्यथा इसी को संबोधित कर कही। *भ्रमरगीत* का महत्त्व केवल इसके विप्रलंभ शृंगार और 'वचन की भावप्रेरित वक्रता' तक सीमित नहीं है, जैसा कि मान लिया गया है। यह मध्यकालीन सगुण-निर्गुण विमर्श में सूरदास के प्रभावकारी हस्तक्षेप—लोकोत्तर पर लोक के महत्त्व की प्रतिष्ठा का दस्तावेज़ भी है। विडंबना यह है कि विद्वानों ने इस रचना के इस पक्ष पर ध्यान ही नहीं दिया। रामचन्द्र शुक्ल ने सूरदास पर विचार तो किया, लेकिन तुलसी को महान् सिद्ध करने के लिए उनका ज़ोर सूरदास की कविता के सकारात्मक पक्षों के बजाय नकारात्मक पक्षों को उभारने पर अधिक रहा। तुलसीदास को 'लोक का सूक्ष्म पर्यालोचक' सिद्ध करने के लिए उन्होंने सूरदास को 'अपने भाव में मग्न' और 'अपने चारों ओर की परिस्थिति' से अनजान मान लिया और कह दिया कि उनको मुख्यतः शृंगार और वात्सल्य का कवि समझना चाहिए। रामचन्द्र शुक्ल की यह धारणा सूरदास के परवर्ती अध्येताओं के लिए मार्गदर्शक बन गई। परवर्ती अध्येता हरबंशलाल शर्मा ने रामचन्द्र शुक्ल को लगभग

दोहराते हुए लिखा, 'सूरदास का उद्देश्य किसी दार्शनिक वाद-विवाद के झमेले में पड़ना नहीं था। वे भक्त थे और भगवान की प्रेमा भक्ति की महिमा की अनुभूति को ही अपनी रचनाओं में व्यक्त किया करते थे।' हिन्दी की अकादेमिक और कुछ हद तक साहित्यिक आलोचना में *भ्रमरगीत* गोपियों के विरह और उनकी वाग्विदग्धता के लिए ख्यात हो गया।

सूरदास अपने समय की परिस्थिति से अनजान और उससे तटस्थ नहीं थे, जैसा कि रामचन्द्र शुक्ल ने माना है। उनका *भ्रमरगीत* अपने समय की वैचारिक उठा-पटक में चतुर और अर्थपूर्ण हस्तक्षेप है। उनके समय में ज्ञान, योग और भक्ति का संघर्ष चल रहा था। सबके अपने-अपने दावे थे और जनसाधारण दुविधा और भ्रम में था। वेदांतियों का ज़ोर अंतःकरण की शुद्धता और जप-तप पर था, तो नाथपंथी योग का राग अलाप रहे थे। संत मत का ज़ोर निर्गुण और निराकार की उपासना था। ख़ासतौर पर हजारीप्रसाद द्विवेदी ने इस समय नाथपंथियों की प्रभावी मौजूदगी का उल्लेख किया है। उन्होंने लिखा है, 'इस समय पूर्व और उत्तर भारत में सबसे प्रबल संप्रदाय नाथपंथी योगियों का था। जनता का सारा ध्यान इन अशास्त्रीय योगियों की ओर आकृष्ट था। ये लोग महायान बौद्ध धर्म के उत्तराधिकारी थे। इन योगियों के परिवर्तित रूप में तथागत के स्थान पर शिव का अधिकार हो गया था, पर मूलतः ये बौद्ध थे। गोरखनाथ, मीननाथ आदि बड़े-बड़े साधकों ने इस सहज साधना को खूब समृद्ध किया। कबीर, नानक, दादू आदि संतों की वाणियों पर इनका यथेष्ट प्रभाव था। इसी तरह धर्म और निरंजन मतवाद की छाप भी परवर्ती साधकों पर है। ये लोग निर्गुण ब्रह्म के उपासक थे।' निर्गुण की यह साधना कमोबेश कबीर की साधना जैसी थी। *भ्रमरगीत* में निर्गुण साधना के लिए जिस शब्दावली का प्रयोग हुआ है, उसका प्रयोग कबीर ने बहुतायत से किया है। हजारीप्रसाद द्विवेदी ने भी इसकी पुष्टि करते हुए लिखा है, 'निर्गुण उपासना से सूरदास का मतलब शायद कबीरदास की साधना से है।' *भ्रमरगीत* में भी इस मतवाद के संबंध में विस्तार से बताया गया है। *भ्रमरगीत* अपने समय में 'निर्गुण' और 'निराकार' का चतुर प्रतिवाद था। सूरदास को जनसाधारण की रुचि और प्रवृत्ति की गहरी और व्यापक समझ थी, इसलिए उन्होंने जनसाधारण के अपने तर्क से निर्गुण का सशक्त प्रतिपक्ष *भ्रमरगीत* में खड़ा किया। *भ्रमरगीत* में कोई ज्ञान मीमांसा नहीं है, उसमें निर्गुण और निराकार के प्रतिवाद में जनसाधारण का अपना विवेक और तर्क है। सूरदास की इस समझ से रामचन्द्र शुक्ल भी सर्वथा अनजान नहीं थे। उन्होंने दबे स्वर में यह स्वीकार करते हुए लिखा, 'सूरदास जी अपने

भाव-भजन और मंदिर के नृत्यगीत में लीन रहते थे, इन सब आदेशों पर दुबले नहीं रहते थे। पर निर्गुण की जो हवा बह रही थी, उसकी ओर उनके कान अवश्य थे।'

सूरदास अपने समय की निर्गुण ज्ञान मीमांसा से अवगत थे और यह बख़ूबी जानते थे कि जनसाधारण के लिए इसकी कोई उपयोगिता नहीं है। जनसाधारण से प्रेम में समर्पण, निष्ठा, अनन्यता की अपेक्षा की जा सकती है, लेकिन ब्रह्म की ज्ञान मीमांसा और योग आदि उसके बस की बात नहीं है। यही एक तर्क अंतर्धारा की तरह संपूर्ण *भ्रमरगीत* में है। गोपियाँ बार-बार यही दोहराती हैं कि 'ऊधो! जान्यो ज्ञान तिहारो', 'ऊधो! हम लायक सिख दीजै', 'मधुकर! कौन गाँव की रीति', 'ऊधो! कहियो सबै सुहाती', 'मधुकर! जोग न होत संदेसन', ए अलि! कहा जोग में नीको', और 'हम सों कहत कौन की बातें'। उनके पास तो एक सीधा और सरल मार्ग पहले से है—वे उद्धव से कहती हैं—'काहे को रोकत मारग सूधो।' सूर का निर्गुण का प्रतिवाद चतुर प्रतिवाद है। वे अपने प्रतिपक्षी को मौक़ा तो देते हैं, लेकिन उसको अपनी बात नहीं कहने देते। उसकी बात भी वे ख़ुद कहते हैं। सूरदास अपने उद्धव को मुखर नहीं करते, उनके उद्धव लगभग मौन हैं, लेकिन उनका मत-विश्वास गोपियों के प्रतिवाद में शामिल है। दरअसल गोपियाँ अपने खंडन में ही उसका भी ज़िक्र कर देती हैं।

सूर को केवल शृंगार और वात्सल्य तक सीमित करने के आग्रही विद्वानों ने इस पर ध्यान नहीं दिया कि *भ्रमरगीत* सूरदास ने निर्गुण के प्रतिवाद के लिए प्रयोजन सहित लिखा है। *श्रीमद्भागवत* जहाँ से यह प्रकरण उन्होंने उठाया, वहाँ यह अलग तरह से है। सूरदास का लक्ष्य यदि गोपियों का प्रेम-विरह ही होता, तो वे *श्रीमद्भागवत* के *भ्रमरगीत* के प्रयोजन को नहीं उलटते। सूरदास ने प्रयोजन बदल दिया है— *श्रीमद्भागवत* में ज़ोर निर्गुण और निराकार पर है और गोपियाँ उद्धव का उपदेश सुनकर इसको मान भी लेती हैं। सूरदास के *भ्रमरगीत* में इससे उलट निर्गुण और निराकार की व्यर्थता पर बल है और यहाँ प्रतिपक्ष धराशायी है। उद्धव कहते हैं कि 'वह मत त्याग्यो, यह मति आई' और वे प्रकरण के ख़त्म होते-होते निर्गुण छोड़कर सगुण की तरफ़ आ जाते हैं। सूरदास की चतुराई यह है कि भगवान कृष्ण को उन्होंने पहले से ही अपनी तरफ़ कर रखा है।

सूरदास के *भ्रमरगीत* में पार्थिव की महिमा के साथ 'अपार्थिव' और 'लोकोत्तर' का उपहास भी है। जीवन में जो भी सुंदर और प्रिय है, वह सब मिथ्या और असत्य है, इस धारणा की जनसाधारण में प्रतिक्रिया हुई। यह प्रतिक्रिया बहुत व्यापक और तीव्र थी और इसने कई रूप लिए। इस प्रतिक्रिया की निरंतरता और

व्यापकता का नतीजा यह हुआ कि इसको वैचारिक और दार्शनिक आधार देने की ज़रूरत महसूस हुई। यह बहुत मुश्किल काम था—कर्मफल और नियतिवाद ने लोकोत्तर की धारणा को बहुत मज़बूत कर दिया था। इस धारणा के व्यापक दायरे के भीतर रहकर कई किंतु-परंतु के साथ रामानुजाचार्य, मध्वाचार्य, वल्लभाचार्य, राधावल्लभाचार्य आदि ने इस प्रतिक्रिया को विशिष्टाद्वैतवाद, द्वैतवाद, द्वैताद्वैतवाद आदि के रूप में दार्शनिक आधार दिया। वैष्णव धर्म में इसी प्रतिक्रिया के दबाव में लोक के महत्त्व की प्रतिष्ठा के लिए लीला की धारणा भी अस्तित्व में आई। लीला का ईश्वर मनुष्य से अलग या ऊपर नहीं, उसका ही विस्तार था। धीरे-धीरे दर्शन में निर्गुण और निराकार के बरअक्स सगुण और साकार की प्रतिष्ठा हो गई, लेकिन निर्गुण और निराकार का महत्त्व कम नहीं हुआ। ख़ास बात यह थी कि सूरदास ने *भ्रमरगीत* में इससे आगे बढ़कर निर्गुण और निराकार को पूरी तरह ख़ारिज कर दिया। अपार्थिव और लोकोत्तर की खिल्ली उड़ाने और उसका मज़ाक बनाने में सूरदास ने जैसे अपनी समस्त वाग्विदग्धता झोंक दी। निर्गुण के प्रवक्ता उद्धव को गोपियों ने क्या-क्या नहीं कहा। 'फाटक दैकर हाटक माँगत भोरै निपट सुधारी', 'आए जोग सिखाव पाँडे', 'आयो घोष बड़ो व्योपारी', 'मुकति आनि मंदे में मेली', 'ऊधो! जोग बिसरि जनि जाहु', 'निर्गुन कौन देस को बासी ?', 'ऊधो! तुम अपनो जतन करौ', 'ऊधो! जोग जानौ कौन', 'ऊधो! साँच कहो हम आगे', ऊधो! जोग सुन्यो हम दुर्लभ', 'यह निर्गुण निर्मूल गाठरी अब किन करहु खरी', और 'नफा ज्ञान के यहाँ ले सबे वस्तु अकरी' जैसी पंक्तियों-उक्तियों की *भ्रमरगीत* में भरमार है। उपहास की हद तो यह है कि गोपियों ने उद्धव से यह भी कहा कि 'अच्छा हुआ तुम आए, तुम्हारी बातों से हमारा हँसी-मज़ाक हो गया' (ऊधो भली करी तुम आए। ये बातें कहि-कहि या दु:ख ब्रज के लोग हँसाए।)

सूरदास अपने समय के प्रति सचेत थे और संसार में क्या हो रहा है, समाज किस दिशा में जा रहा है, इन बातों की ओर उनका ध्यान था। निर्गुण के बोलबाले वाले माहौल में जिस तरह से वे पार्थिव के समर्थन में तनकर खड़े हुए उससे लगता है कि उन्हें अपने समाज की भी चिंता थी। सूरदास के समय में लोकोत्तर की कामना और पार्थिव के लिए हिकारत का भाव आम बात हो गई थी। मरणधर्मा, नश्वर, क्षणभंगुर, माटी में मिल जासी जैसे विशेषणों और उक्तियों का इस्तेमाल लोग उपदेश-परामर्श में अक्सर करते थे। लोक के महत्त्व के इस क्षरण से जनसाधारण में अकर्मण्यता और अनुत्तरदायित्व को प्रश्रय मिला। लोग घर-बार और गृहस्थ जीवन छोड़कर साधु-संन्यासी होने लगे और समाज में कर्महीन जोगी-बाबाओं की संख्या

बढ़ गई। *भ्रमरगीत* में मानवीय और पार्थिव के महत्त्व की फिर से प्रतिष्ठा हुई। इसमें तर्क दर्शन और शास्त्र का नहीं, लोक का अपना था, इसलिए यह जनसाधारण की समझ में भी आया। 'निर्गुण कौन देश को बासी ?'—गोपियों का यह सवाल लोक का अपना सवाल था। लोक किसी की भी पहचान देश से करता है। देश मतलब, जो लोक के समय स्थान और संबंध की सीमा में हो। जो देश में नहीं है, उसका होना उसकी समझ से बाहर की चीज़ है। सूरदास ने कृष्ण के मुँह से ही कहलवाया कि 'ऊधो मोहि ब्रज बिसरत नाहीं... ।' मतलब यह कि भगवान कृष्ण भी देश में हैं। वे यमुना तट, कुंजों की छाया, गाय-बछड़े, ग्वाल-बाल के बीच और उनके जैसे हैं। वे सीमातीत नहीं हैं, वे स्थान, समय और संबंध की सीमा में हैं।

सूरदास का समय बहुत विचित्र था—निर्गुण की जो हवा चल रही थी जनसाधारण पर उसका असर था। जीवन के प्रति अनुराग और उसका आनंद लेने में 'जगत मिथ्या' की धारणा अंतर्बाधा बनती जा रही थी। हालत ऐसी थी कि जीवन न उगलते बनता था और न निगलते। ऐसे समय में भगवान को सूरदास ने देश, मतलब अपने समय, स्थान और संबंध के दायरे में लाकर जीवन से प्रेम करना सिखाया। यही नहीं, उन्होंने जनसाधारण को अपने विवेक और समझ से निर्गुण का प्रतिरोध करने की सीख भी दी। वे लोकोत्तर के बजाय पाँव जमाकर मज़बूती से जीवन के साथ खड़े रहे। उन्होंने लोकोत्तर का भुलावा देकर जीवन से विमुख करनेवालों को गोपियों के शब्दों में साफ़ कहा, 'ऊधो ! कोकिल कूजत कानन। / तुम हमको उपदेश करत हो भस्म लगावन आनन।' सूरदास ने ढोल बजाकर समाज सुधारने का दावा नहीं किया, वे किसी आदर्श के पीछे भी नहीं चले, लेकिन अपने समय में उन्होंने जिस तरह से जीवन में डूबकर उसका समर्थन किया, उनके समय में उस तरह से किसी दूसरे संत-भक्त कवि ने नहीं किया।

4

सूरदास की कविता का शृंगार और वात्सल्य लोकोत्तर नहीं है। यह उनके निजी जीवन का ही उदात्त विस्तार है—यह साफ़-साफ़ उनके पार्थिव जीवन और ऐंद्रिक अनुभव से आया है। रवींद्रनाथ के ही शब्दों में पूछें तो ''और आता भी कहाँ से ?'' विडंबना यह है कि सूरदास के वैयक्तिक जीवन को और उसमें भी ख़ासतौर पर उनके दीक्षा पूर्व के वैयक्तिक जीवन को जानने का कोई साधन नहीं है। दरअसल सूरदास के 'जन्मांध' और बाल्यकाल से ही 'गृहत्यागी संत-भक्त' होने की लगभग मान्य धारणाओं की अतिव्याप्ति में उनका वैयक्तिक मनुष्य जीवन

अलक्ष्य रह गया—इसकी सही मायने में पहचान ही नहीं हो पाई। उनकी रचनाओं में उनके पार्थिव जीवन और ऐंद्रिक अनुभव के पर्याप्त संकेत हैं, लेकिन उनको एक 'निरभिमानी भक्त के अतिशयोक्तिपूर्ण उद्गार' मानकर दरकिनार कर दिया गया।

सूरदास जन्मांध नहीं थे—अधिक संभावना यही है कि वे जीवन के उत्तरार्ध में कभी अंधे हुए होंगे। सूरदास का जन्म 1478 ई. में हुआ और वल्लभाचार्य ने 30–32 वर्ष की उम्र में 1510 ई. में उनको दीक्षा दी और उस समय तक वे अंधे नहीं थे। *चौरासी वैष्णवन की वार्ता* की प्रामाणिकता को लेकर विवाद नहीं है और इसमें स्पष्ट उल्लेख है कि सूरदास उस समय सनेत्र थे। वार्ता में एकाधिक जगहों पर उनके द्वारा वल्लभाचार्य आदि के दर्शन करने का उल्लेख है। वार्ता में कहा गया है कि—'तब सूरदासजी अपने स्थलतें आयकें श्रीआचार्यजी श्रीमहाप्रभून के दर्शन को आये तब श्रीआचार्यजी महाप्रभून कह्यौ जो सूर आवो बैठौ तब सूरदासजी श्रीआचार्यजी महाप्रभूनकौ दर्शन करिकें आगे आय बैठे।' वार्ता आरंभ में एकाधिक बार 'दर्शन' शब्द आया है। लगता है कि सूरदास जन्मांध नहीं थे, लेकिन बाद में भक्तों-आख्यानकारों ने उनकी वृद्धावस्था के अंधेपन को उन्हें असामान्य कोटि का भक्त सिद्ध करने के लिए जन्म के अंधेपन में बदल दिया। श्रीनाथ भट्ट की *संस्कृतमणिमाला,* हरिराय की *भावप्रकाश,* मियासिंह की *भक्ति विनोद* और रघुराजसिंह की *रामरसिकावली* में सूरदास को जन्मांध माना गया है, लेकिन इनमें केवल श्रीनाथ भट्ट ही उनके समकालीन थे और शेष सभी उनके परवर्ती हैं। सूरदास की रचनाओं के अंत:साक्ष्यों के आधार पर भी सूरदास को जन्मांध सिद्ध करने के प्रयास हुए हैं, लेकिन इन रचनाओं की प्रामाणिकता संदिग्ध है। नागरी प्रचारिणी सभा के *सूरसागर* में ये रचनाएँ सम्मिलित ही नहीं हैं। सूरदास बाल्यकाल से गृहत्यागी भक्त नहीं थे। हरिराय के *भाव प्रकाश* में कहा गया है कि बाल्यकाल में उन्होंने घर छोड़ दिया, जबकि *चौरासी वैष्णवन की वार्ता* में ऐसा कोई उल्लेख नहीं है। *भाव प्रकाश* की रचना सूरदास के जीवन के सौ वर्ष बाद हुई और इसमें सूरदास के जीवन को भक्त निर्माण के क्रमिक चरणों में ढाला गया। यह जनसाधारण में संत-भक्त की स्वीकार्यता और मान्यता के लिए ज़रूरी था। सूरदास की रचनाओं में इस बात के पर्याप्त प्रमाण हैं कि उन्होंने एक साधारण गृहस्थ का 'माया के हाथ बिका हुआ' जीवन जिया था। उन्होंने कहा है, ''माया के हाथ बिककर भगवद्भजन नहीं किया, सदैव हिंसा, मद-ममता में भूला रहा, निंदा का आनंद लिया, साहिबी करते हुए सुरापान करते हुए सारा जीवन गँवा दिया, अखाद्य खाया और जो नहीं पीना चाहिए, वो पिया और तेल लगाकर, वस्त्रों को अच्छी तरह धोकर तिलक

लगाकर स्वामी बना।'' यह ध्यान देने वाली बात है कि *चौरासी वैष्णवन की वार्ता* में भी यह उल्लेख है कि दीक्षा से पूर्व सूरदास की हैसियत एक ऐसे स्वामी की थी, जिसके कई सेवक थे। वल्लभ संप्रदाय में दीक्षा के बाद के पारसोली और गोवर्धन के उनके जीवन के संबंध में यह निष्कर्ष निकालना ग़लत होगा कि वे जीवनविरत वैरागियों के जैसा दीन-हीन जीवन व्यतीत करते थे। वल्लभ संप्रदाय में आग्रह कृष्णानुराग के साथ जीवन में राग, भोग और शृंगार का था। वार्ता ग्रंथों से लगता है कि स्वयं वल्लभाचार्य का जीवन बहुत वैभवपूर्ण था।

पार्थिव और मानवीय के वैभव पर भरोसा सूरदास को एकाएक नहीं हुआ होगा। यह उनके जीवन में शुरुआती दिनों से ही रहा होगा और वल्लभाचार्य के संपर्क में आने के बाद यह उनकी पुष्टि और समर्थन पाकर मज़बूत हो गया होगा। *चौरासी वैष्णवन की वार्ता* के अनुसार वल्लभाचार्य से दीक्षा से पूर्व के जीवन में वे 'हों हरि सब पतितन को नायक' और 'प्रभू में सब पतितन को टीकौ' जैसे विनय के पद कहते थे। वल्लभाचार्य ने पहली भेंट में ऐसे पद सुनकर उनसे कहा—'जो सूर है कें ऐसो काहे को घिघियात है।' उन्होंने सूर को *श्रीमद्भागवत* के दशम स्कंध की अनुक्रमणिका सुनाई, जिससे वे भगवत्लीला का गायन करने लगे और इस तरह उनके जीवन की दिशा बदल गई। सूर की कविता में जैसा जीवन का वैभव और सुंदरता है, उससे लगता है कि यह परिवर्तन इतना आकस्मिक नहीं रहा होगा। इसके कुछ लक्षण सूरदास में पहले ही रहे होंगे, लेकिन लोक में निर्गुण और निराकार का जैसा आग्रह और बोलबाला था, सूरदास भी इसके आग्रह में 'अविगत गति कुछ कहत न आवैं' जैसे पद कहते थे, लेकिन वल्लभाचार्य ने सूरदास की दुविधा ताड़ ली होगी। उनके आग्रह और आलंबन रूप में कृष्ण को पाकर सूरदास जीवन से अनुराग के अपने प्रकृत स्वभाव पर लौट आए होंगे। बाद की सूरदास की रचनाओं में उन्होंने अपने प्रिय कृष्ण को वो सब दिया है जो उनके अपने जीवन में सुंदर और प्रिय है। ऐंद्रिक और पार्थिव का जैसा आग्रह और समर्थन सूरदास की कविता में है, उससे यह तो साफ़ लगता है कि उन्हें लौकिक जीवन का व्यापक और गहरा अनुभव था। उनकी कविता में प्रेम और दांपत्य जीवन के जो दैनंदिन ऐंद्रिक और पार्थिव रूप मिलते हैं उनके अनुभव के बिना इनका उनकी कविता में होना संभव ही नहीं है। रवींद्रनाथ उनकी कविता में प्रेम और उसके दुःख की अंतर्वृत्तियों की सघन और ऐंद्रिक मौजूदगी पर अभिभूत और आश्चर्यचकित थे। उन्होंने सूरदास के किसी सुंदर युवती के सौंदर्य पर मुग्ध-अभिभूत होकर अपनी आँखें फोड़ देने संबंधी जनश्रुति को आधार बनाकर 'सूरदासेर प्रार्थना' नामक

कविता में लिखा कि 'सच बताओ वैष्णव कवि, तुमने यह प्रेम चित्र कहाँ पाया ? यह विरह तप्त गान तुमने कहाँ सीखा था ? किसकी आँखें देखकर राधिका की आँसू भरी आँखें याद आ गई थीं ? निर्जन वसंत रात्रि की मिलन शय्या पर किसने तुम्हें भुजपाशों में बाँध रखा था; और अपने हृदय के अगाध समुद्र में मग्न कर रखा था ? ऐसी प्रेम कथा, राधिका की चित्त विदीर्ण कर देनेवाली तीव्र व्याकुलता तुमने किसके मुँह और किसकी आँखों से चुरा ली थी ? आज क्या इस संगीत पर उसका (कुछ भी) अधिकार नहीं ? क्या तुम उसी के नारी हृदय की संचित भाषा से उसी को सदा के लिए वंचित कर दोगे ?'

5

सूरदास की कविता में ब्रजभाषा का काव्य सौंदर्य अपने चरम पर है। उन्होंने अपनी सहज काव्य प्रतिभा से ब्रज भाषा को कोमल और सरस भावानुभूतियों को धारण करने की क्षमता प्रदान की। सूरदास की कविता से ब्रज भाषा समृद्ध हुई और उसका गौरव बढ़ा। किसी कवि का इस तरह भाषा को ऊँचाई प्रदान करने का यह अपने ढंग का पहला उदाहरण है। सूरदास को वात्सल्य, शृंगार और शांत-रस का कवि माना जाता है, लेकिन सही बात तो यह है कि उनकी कविता ने इन रसों को भी नयी पहचान दी। सूरदास के लिए कविता लक्ष्य नहीं थी, यह उनके लिए भक्ति का साधन था। उनके यहाँ जो शब्द चयन, अलंकार योजना, भावानुकूल भाषा आदि हैं, वे भक्ति के भावावेग में अनायास उत्पन्न हैं। सूरदास संगीतज्ञ भी थे—उनकी सभी रचनाएँ शास्त्रीय राग-रागिनियों में निबद्ध हैं। सूरदास ने अपने समय में प्रचलित सभी काव्य रूपों का इस्तेमाल किया। गीति काव्य परंपरा बौद्धों के चर्यागीतों से चली आती थी। सूरदास ने उसका प्रभावी रचनात्मक इस्तेमाल किया। गीति के साथ उन्होंने अपने समय में प्रचलित और ख़ासतौर पर वल्लभ संप्रदाय में प्रचलित दूसरे काव्य रूपों को भी अपनी प्रतिभा और कौशल से जीवंत और पुनर्नवा किया। सूरदास के समय में लीला, भ्रमरगीत, कीर्तन, स्तुति और गायन के कई लोक रूप प्रचलित थे। सूरदास ने सभी का उपयोग किया। लीला का काव्य रूप विद्यापति के बाद सूरदास के यहाँ बहुत सफलतापूर्वक इस्तेमाल हुआ है। इसी तरह *भ्रमरगीत* को भी सूरदास ने नया रूप दिया। *सूरसागर* को कुछ लोग महाकाव्य कहते हैं, लेकिन यह प्रबंध रचना नहीं है। इसमें खोजने पर कोई अस्पष्ट-सा कथासूत्र भले ही मिल जाए, मूलतः यह एक स्वतंत्र गीति या पद रचना है।

6

प्रस्तुत संकलन शोधार्थियों-विद्यार्थियों के साथ साहित्य प्रेमी सामान्य पाठकों के लिए भी है, इसलिए सूरदास की लोकप्रिय और सरस रचनाओं को इसमें प्राथमिकता दी गई है। सूरदास के पदों की प्रामाणिकता को लेकर अभी भी बहस जारी है। कुछ लोगों ने एकाधिक सूरदास होने की बात कही है, लेकिन इस संबंध में अभी विद्वान् एकमत नहीं हैं। जब तक कोई सर्वसम्मति नहीं हो, तब तक कीर्तिशेष जगन्नाथदास रत्नाकर द्वारा संगृहीत और नंददुलारे वाजपेयी द्वारा संपादित नागरी प्रचारिणी सभा, वाराणसी द्वारा दो खंडों में प्रकाशित *सूरसागर* ही सूरदास की रचनाओं के लिए प्रामाणिक स्रोत है। जगन्नाथदास रत्नाकर और नंददुलारे वाजपेयी, दोनों सूर साहित्य के मर्मज्ञ विद्वान् थे। यहाँ संकलित सभी पद इसी *सूरसागर* से लिए गए हैं। संकलित करते समय यह ध्यान रखा गया है कि कोई भी ऐसा पद, जो सूरदास की मनोरचना और काव्य प्रकृति से मेल नहीं खाता है, उसे छोड़ दिया गया है। आशा है कि यह संकलन शोधार्थियों, विद्यार्थियों और साहित्य प्रेमी पाठकों को पसंद आएगा।

13 अप्रैल, 2021   **—माधव हाड़ा**
भारतीय उच्च अध्ययन संस्थान,
राष्ट्रपति निवास, शिमला

विनय

चरन कमल बंदौं[1] हरि राइ।

जाकी कृपा पंगु[2] गिरि लंघै, अंधे को सब कछु दरसाइ।

बहिरौ सुनै, गूँग पुनि बोलै, रंक[3] चलै सिर छत्र धराइ।

सूरदास स्वामी करुनामय, बार बार बंदौं तिहिं पाइ।।1।।

❖ ❖ ❖

अबिगत[4]–गति कछु कहत न आवै।

ज्यों गूँगैं मीठे ऊल कौ रस अंतरगत हीं भावै।

परम स्वाद सबही सु निरंतर तोष[5] उपजावै।

मन–बानी कौं अगम–अगोचर, सो जानै जो पावै।

रूप–रेख–गुन–जाति–जुगति–बिनु निरालंब कित धावै[6]।

सब बिधि अगम बिचारहिं तातैं[7] सूर सगुन–पद गावै।।2।।

❖ ❖ ❖

---

1. वंदना करता हूँ 2. लँगड़ा 3. गरीब 4. अज्ञेय, ब्रह्म 5. संतोष 6. दौड़ें 7. उसको

स्याम भजन-बिनु कौन बड़ाई ?

बल, बिद्या, धन धाम, रूप, गुन और सकल मिथ्या सौंजाई[1]।

अंबरीष, प्रहलाद, नृपति बलि, महा उँच पदवी तिन पाई।

गहि सारँग, रन रावन जीत्यौ, लंक विभीषन फिरी दुहाई।

मानी हार बिमुख दुरजोधन, जाके जोधा[2] हैं सौ भाई।

पांडव पाँच भजे प्रभु-चरननि, रनहिं[3] जिताए हैं जदुराई।

राज-रवनि सुमिरे पति कारन असुर-बंदि तैं दिए छुड़ाई।

अति आनंद सूर तिहि औसर[4], कीरति निगम कोटि सुख पाई।।3।।

❖ ❖ ❖

प्रभु तेरौ बचन भरोसौ साँचो

पोषन भरन बिसंभर साहब, जो कलपै[5] सो काँचौ[6]।

जब गजराज ग्राह सौं अटक्यो, बली बहुत दुख पायौ।

नाम लेत ताहीं छिन हरि जू, गरुड़हिं छाँड़ि छुड़ायौ।

दुस्सासन जब गही[7] द्रौपदी, तब तिहिं बसन[8] बढ़ायौ।

सूरदास प्रभु भक्तबछल हैं चरन सरन हौं[9] आयौ।।4।।

❖ ❖ ❖

---

1. सामग्री 2. योद्धा 3. युद्ध में 4. अवसर 5. दु:खी होता है 6. कच्चा 7. पकड़ी 8. वस्त्र 9. मैं

हरि तेरौ भजन कियौ न जाइ।

कह करों, तेरी प्रबल माया देति मन भरमाइ[1]।

जबै आवौं साधु-संगति, कछुक मन ठहराइ।

ज्यौं गयंद[2] अन्हाइ[3] सरिता, बहुरि वहै सुभाइ।

वेष धरि धरि हरयौ पर-धन, साधु-साधु कहाइ।

जैसे नटवा[4] लोभ-कारन करत स्वांग बनाइ।

करों जतन, न भजाँ तुमकों, कछुक मन उपजाइ।

सूर प्रभु की सबल माया, देति मोहि भुलाइ।।5।।

❖ ❖ ❖

अब हों माया-हाथ बिकानौ[5]।

परबस[6] भयौ पसू ज्यौं रजु[7]-बस, भज्यौ न श्रीपति रानौ।

हिंसा-मद ममता-रस भूल्यौ, आसाहीं लपटानौ।

याही करत अधीन भयौ हों, निद्रा अति न अघानौ[8]।

अपने हीं अज्ञान-तिमिर मैं, बिसरयौ[9] परम ठिकानौ।

सूरदास की एक आँखि है, ताहू मैं कछु कानौ।।6।।

❖ ❖ ❖

---

1. भ्रमित करती है 2. हाथी 3. नहाकर, स्नानकर 4. नट 5. बिक गया हूँ 6. दूसरों के वशीभूत
7. रस्सी 8. तृप्त हुआ 9. भूल गया

अब सिर परी ठगौरी[1] देव।

तातै बिवस[2] भयौं करुनामय, छांड़ि तिहारी सेव।

माया-मंत्र पढ़त मन निसि-दिन मोह-मूरछा आनत[3]।

ज्यौं मृग नाभि-कमल निज अनुदिन[4] निकट रहत नहि जानत।

भ्रम-मद-मत्त, काम-तृष्ना-रस-बेग, न क्रमै गह्यौ।

सूर एक पल गहरु[5] न कीन्ह्यौ, किहिं जुग इतौ[6] सह्यौ।।7।।

किते दिन हरि-सुमिरन बिनु खोए।

पर-निंदा रसना[7] के रस करि, केतिक जनम बिगोए[8]।

तेल लगाइ कियौ रुचि-मर्दन, बस्तर[9] मलि-मलि धोए।

तिलक बनाइ चले स्वामी है, विषयिनि के मुख जोए[10]।

काल बली तैं सब जग काँप्यौ, ब्रह्मादिक हूँ रोए।

सूर अधम की कहौ कौन गति, उदर भरे, परि सोए।।8।।

---

1. माया 2. विवश 3. आती है 4. निरंतर, रात-दिन 5. विलंब, देर 6. इतना 7. जीभ 8. बिगाड़े, व्यर्थ किए 9. वस्त्र; 10. देखा

रे मन, छाँड़ि विषय कौ रंचिबौ[1]।

कत तूँ सुवा होत सेमर कौ, अंतहि कपट न बचिबौ।

अंतर गहत कनक-कामिनी कों, हाथ रहैगौ पचिबौ[2]।

तजि अभिमान, राम कहि बौरे, नतरुक ज्वाला तचिबौ[3]।

सतगुरु कह्यौ, कह्यौं तोसों हौं, राम-रतन धन संचिबौ[4]।

सूरदास-प्रभुहरि-सुमिरन बिनु जोगी-कपि ज्यौं नचिबौ[5]।।9।।

❖ ❖ ❖

नर तैं जनम पाइ कह कीनो ?

उदर भख्यौ कूकर-सूकर[6] लौं, प्रभु को नाम न लीनौ।

श्री भागवत सुनी नहि स्रवननि[7], गुरुगोविंद नहि चीनौ[8]।

भाव-भक्ति कछु हृदय न उपजी, मन विषया मैं दीनौ।

झूठौ सुख अपनौ करि जान्यौ, परस प्रिया कैं भीनौ।

अघ[9] कौ मेरु बढ़ाइ अधम तू, अंत भयौ बलहीनौ।

लख चौरासी[10] जोनि[11] भरमि कै फिरि वाही मन दीनौ।

सूरदास भगवंत-भजन बिनु ज्यौं अंजलि-जल छीनौ।।10।।

❖ ❖ ❖

---

1. रचना, आसक्त होना 2. पकड़ रखा है 3. तपना या जलना पड़ेगा 4. संचित करो 5. नाचना पड़ेगा 6. कुत्ता और सुअर 7. कान 8. पहचाना 9. पाप 10. चौरासी 11. योनि

राम न सुमिरयौ एक घरी।

परम भाग सुक्रित[1] के फल तैं सुंदर देह धरी।

जिहिं जिहिं जोनि भ्रम्यौ संकट-बस, सोइ-सोइ सुखनि भरी।

काम क्रोध-मद लोभ-गरब मैं बिसरयौ स्याम हरी।

भैया-बंध-कुटुंब घनेरे[2], तिनतें कछु न सरी।

लै देही घर-बाहर जारी[3], सिर ठोंकी लकरी[4]।

मरती बेर संहारन लागे, जो कछु गाढ़ि घरी।

सूरदास तें कछू सरी नहिं, परी काल-फँसरी।।11।।

❖ ❖ ❖

जनम तौ ऐसेहिं बीति गयौ।

जैसे रंक पदारथ पाए, लोभ बिसहि लयौ।

बहुतक जन्म पुरीष-परायन, सूकर[5] स्वान[6] भयौ।

अब मेरी मेरी करि बौरे[7], बहुरौ बीज बयौ[8]।

नर कौ नाम पारगामी हो, सो तोहिं स्याम दयौ।

तैं जड़ नारिकेल कपि-कर ज्यौं, पायौ नाहिं पयौ।

रजनी गत बासर मृगतृष्ना रस हरि कौ न चयौ।

सूर नंद-नंदन जेहिं बिसरयौ, आपुहि आपु हयौ[9]।।12।।

❖ ❖ ❖

---

1. सुकृत्य, पुण्य कर्म 2. बहुत से 3. जलाई 4. लकड़ी 5. सुअर 6. कुत्ता 7. पगलाना 8. बोया
9. नष्ट हुआ

क्यौं तू गोबिंद नाम बिसारो[1] ?

अजहूँ[2] चेति, भजन करि हरि कौ, काल फिरति सिर ऊपर भारौ[3]।

धन-सुत-दारा[4] काम न आवैं जिनहिं लागि आपुनपौ हारौ।

सूरदास भगवंत-भजन बिनु, चल्यौ पछिताई, नयन जल ढारौ।।13।।

❖ ❖ ❖

हरि बिन अपनौ को[5] संसार।

माया-लोभ-मोह हैं चाँड़े काल-नदी की धार।

ज्यौं जन संगति होति नाव मैं, रहति न परसैं पार।

तैसैं धन-दारा-सुख-संपति, बिछुरत लगे न बार[6]।

मानुष-जनम, नाम नरहरि कौ, मिलै न बारंबार।

इहि तन छन-भंगुर के कारन, गरबत कहा गँवार!

जैसे अंधौ अंध कूप मैं गनत न खाल[7] पनार[8]।

तैसेहि सूर बहुत उपदेसैं सुनि सुनि गे कै बार।।14।।

❖ ❖ ❖

---

1. भुलाया 2. अब भी 3. भारी 4. स्त्री 5. कौन 6. देर 7. खड्डा 8. नाला

हरि बिनु मीत नहीं कोउ तेरे।

सुनि मन, कहौं पुकारि तोसौं हौं, भजि गोपालहिं मेरे।

या संसार विषय-विष-सागर, रहत सदा सब घेरे[1]।

सूर स्याम बिनु अंतकाल मैं कोउ न आवत नेरे[2]।।15।।

❖ ❖ ❖

जा दिन मन पंछी उड़ि जैहै।

ता दिन तेरे तन-तरुवर के सबै पात झरि जैहैं।

या देही कौ गरब न करियै, स्यार-काग-गिध खैहैं[3]।

तीननि[4] मैं तन कृमि[5], कै बिष्टा, कै है खाक उड़ेहै।

कहँ वह नीर, कहाँ वह सोभा, कहँ रंग-रूप दिखेहै।

जिन लोगानि सौं नेह करत है, तइ देखि घिनैहैं[6]।

घर के कहत सबारे[7] काढ़ौ, भूत होइ घरि खेहैं।

जिन पुत्रनिहिं बहुत प्रतिपाल्यौ, देवी-देव मनहैं।

तेई ले खोपरी बाँस दै सीस फेरि बिखरे हैं।

अजहूँ मूढ़ करौ सतसंगति, संतनि मैं कछु पैहैं।

नर-बपु[8] धारि नाहि जन हरि कौं, जम की मार सो खेहैं।

सूरदास भगवंत-भजन बिनु बृथा सु जनम गँवैहैं।।16।।

❖ ❖ ❖

---

1. घेरे रहते हैं 2. निकट 3. खाएँगे 4. तीनों में 5. कीटाणु 6. घृणा करेंगे 7. जल्दी 8. शरीर

नहिं अस[1] जनम बारंबार।

पुरबलौ[2] धें पुन्य प्रगटयौ, लह्यौ नर-अवतार।

घटै पल-पल, बढ़े छिन-छिन, जात लागि न बार।

धरनि पत्ता गिरि परे तैं फिरि न लागे डार[3]।

भय-उदधि[4] जमलोक दरसै निपट ही अंधियार।

सूर हरि कौ भजन करि-करि उतरि पल्ले-पार[5]।।17।।

❖ ❖ ❖

हमारे निर्धन के धन राम।

चोर न लेत, घटत नहि कबहूँ, आबत[6] गाढ़ै काम।

जल नहिं बूड़त[7], अगिनि न दाहत[8], है ऐसो हरि-नाम।

बैकुंठनाथ सकल सुख-दाता, सूरदास-सुख-धाम।।18।।

❖ ❖ ❖

---

1. ऐसा 2. पूर्व जन्म का 3. शाखा 4. भय रूपी समुद्र 5. उस पार 6. आते हैं 7. डूबते हैं
8. जलते हैं

हरि जू तुम हैं कहा न होइ।

बोलै गुंग[1], पंगु गिरि लंघै आवै अंधौ जग जोइ[2]।

पतित अजामिल, दासी कुबिजा, तिनके कलिमल डारे धोइ।

रंक सुदामा कियौ इंद्र-सम, पांडव-हित-कौरव दल खोइ।

बालक मृतक जिवाइ[3] दिए प्रभु, तब गुरु-द्वारैं आनंद होइ।

सूरदास-प्रभु इच्छापूरन, श्रीगुपाल सुमिरौ सब कोइ।।19।।

❖ ❖ ❖

विनती करत मरत हौं[4] लाज।

नख-सिख लौं मेरी यह देही है पाप की जहाज।

और पतित आवत न आँखि-तर[5] देखत अपनौ साज।

तीनौं पन[6] भरि ओर निबाहयौ तऊ न आयौ बाज।

पाछ[7] भयौ न आगैं ह्वैहै, सब पतितनि सिरताज।

नरकौ भज्यौ नाम सुनि मेरौ, पीठि दई जमराज।

अबलौं नान्हे-नून्हे तारे, सब वृथा अकाज।

साँचे बिरद सूर के तारत, लोकनि-लोक अवाज।।20।।

❖ ❖ ❖

---

1. गूँगा 2. देखना 3. जीवित कर दिए 4. मैं 5. दृष्टि में 6. प्रण 7. पीछे

अब कैं राखि लेहु[1] भगवान।

हौं अनाथ बैठयौ द्रुम-डरिया[2], पारधि[3] साधे बान।

ताकैं डर मैं भाज्यौ चाहत, ऊपर ढुक्यौ सचान[4]।

दुहूँ भाँति दुख भयौ आनि यह, कौन उबारै प्रान?

सुमिरत ही अहि[5] डस्यौ पारधि, कर छूटयौ संधान।

सूरदास सर लग्यौ सचानहिं, जय-जय कृपानिधान।।21।।

❖ ❖ ❖

अब कैं नाथ, मोहि उधारि।

मगन हौं भव-अंबुनिधि[6] मैं, कृपासिंधु मुरारि!

नीर अति गंभर माया, लोभ-लहरि तरंग।

लिए जात अगाध जल कौं गहे ग्राह[7] अनंग।

मीन[8] इंद्री तनहि काटत, मोट[9] अघ[10] सिर भार।

पग न इत उत धरन पावत, उरझि मोह सिवार[11]।

क्रोध-दंभ-गुमान-तृष्ना पवन अति झकझोर।

नाहिं चितवन देत सुत-तिय, नाम-नौका ओर।

थक्यौ बीच बिहाल[12], बिहवल[13], सुनौ करुना-मूल।

स्याम, भुज गहि काढ़ि लीजै, सूर ब्रज कैं कूल।।22।।

❖ ❖ ❖

---

1. रक्षा कर दो 2. पेड़ की शाखा 3. शिकारी 4. बाज 5. साँप 6. संसार रूपी समुद्र 7. मगरमच्छ
8. मछली 9. गठरी 10. पाप 11. पानी की घास 12. बेहाल 13. विह्वल, बेचैन

अबिगत-गति जानी न परै।

मन-बच-कर्म अगाध, अगोचर, किहि बिधि बुधि सँचरै।

अति प्रचंड पौरुष बल पाएँ, केहरि[1] भूख मरै।

अनायास बिनु उद्यम[2] कीन्हैं, अजगर उदर[3] भरै।

रीतैं[4] भरै, भैं पुनि ढारै, चाहै फेरि भरै।

कबहुँक तृन बूड़ै[5] पानी मैं, कबहुँक सिला[6] तरै।

बागर तैं सागर करि डारै, चहुँ दिसि नीर भरै।

पाहन-बीच कमल बिकसावै, जल मैं अगिनि जरै।

राजा रंक, रंक तैं राजा, लै सिर छत्र धरै।

सूर पतित तरि जाइ छिनक[7] मैं, जो प्रभु नैंकु ढरै।।23।।

❖ ❖ ❖

कीजै प्रभु अपने बिरद[8] की लाज।

महा पतित, कबहू नहिं आयौ, नैंकु[9] तिहारैं काज।

मा सबल धाम-धन-बनिता[10] बाँध्यौ हौं इहि साज।

देखत-सुनत सबै जानत हों, तऊ न आयौ बाज।

कहियत पतित बहुत तुम तारे, स्रवननि सुनी अवाज।

दई न जाति खेवट[11] उतराई, चाहत चढ़यौ जहाज ?

लीजै पार उतारि सूर कौं महाराज ब्रजराज।

नई न करन कहत प्रभु, तुम हौ सदा गरीब-निवाज।।24।।

❖ ❖ ❖

---

1. सिंह 2. यत्न 3. पेट 4. खाली 5. डूबे 6. शिला 7. क्षण 8. यश 9. थोड़ा 10. स्त्री 11. केवट

तुम प्रभु, मौसौं[1] बहुत करी।

नर-देही दीनी सुमिरन कौं, मो पापी तैं कछु न सरी।

गरभ-बास[2] अति त्रास, अधोमुख[3] तहाँ न मेरी सुधि बिसरी।

पावक-जठर[4] जरन नहिं दीन्हौ, कंचन सी मम देह करी।

जग मैं जनमि पाप बहु कीन्हे, आदि अंत लौं सब बिगरी[5]।

सूर पतित, तुम पतित उधारन, अपने बिरद की लाज धरी।।25।।

❖ ❖ ❖

कबहूँ तुम नाहिं न गहरु[6] कियौ।

सदा सुभाव सुलभ सुमिरन बस, भक्तनि अभै[7] दियौ।

गाइ-गोप-गोपीजन-कारन गिरि कर-कमल लियौ।

अघ-अरिष्ट, केसो, काली मथि दावानलहिं पियौ।

कंस-बंस बधि, जरासंध हति, गुरु-सुत आनि दियौ।

करषत सभा द्रुपद-तनया कौ अंबर[8] अछय[9] कियौ।

सूर स्याम सरवज्ञ कृपानिधि, करुना-मृदुल-हियौ।

काफी सरन जाउँ नंदनंदन, नाहिं और बियौ[10]।।26।।

❖ ❖ ❖

---

1. मुझसे 2. माँ के गर्भ में 3. उल्टा सिर 4. जठराग्नि, पेट की आग 5. बिगाड़ा 6. देर, विलंब
7. अभय 8. वस्त्र 9. अक्षय 10. दूसरा, अन्य

आजु हौं एक-एक करि टरिहौं[1]।

कै तुमहीं कै हमहीं, माधौ, अपुन भरौसैं लरिहों[2]।

हौं तौ पतित सात पीढ़िनि कौ, पतितै है निस्तरिहौं!

अब हौं उघरि[3] नच्यौ चाहत हौं, तुम्हें बिरद बिन करिहौं।

कत अपनी परतीति[4] नसावत[5], मैं पायौ हरि हीरा।

सूर पतित तबहीं उठिहै, प्रभु, जब हँसि दैहौ बीरा[6]।।27।।

❖ ❖ ❖

प्रभु हौं बड़ी बेर[7] कौ ठाढ़ौ[8]।

और पतित तुम जैसे तारे, तिनहीं[9] मैं लिखि काढ़ौ।

जुग जुग बिरद यहै चलि आयौ, टेरि कहत हौं यातैं।

मरियत लाज पाँच पतितनि मैं, हौं अब कहौ घटि कातैं?

कै प्रभु हारि मानि कै बैठौ, कै करौ बिरद सही।

सूर पतित जौ झूठ कहत है, देखौ खोजि[10] बही।।28।।

❖ ❖ ❖

---

1. टलूँगा 2. लड़ूँगा 3. खुलकर 4. विश्वास 5. नष्ट करते हो 6. बीड़ा, पान 7. देर 8. खड़ा हूँ
9. उनमें 10. खोजना

प्रभु हौं सब पतितनि कौ टीकौ[1]।

और पतित सब दिवस चारि कै, हौं तौ जनमत[2] ही कौ।

बधिक, अजामिल, गनिका तारी और पूतना ही हौं।

मोहिं छाँड़ि तुम औ उधारे, मिटै सूल[3] क्यौं जी कौं?

कोउ न समरथ अघ[4] करिबे कौं, खैंचि[5] कहत हौं लीकौं।

मरियत लाज सूर पतितनि में, मोहूँ तैं को नीकौं[6]।।29।।

❖ ❖ ❖

मो सम कौन कुटिल खल[7] कामी।

तुम सौं कहाँ छिपी करुनामय, सबके अंतरजामी!

जो तन दियौ ताहि बिसरायौ, ऐसौ नोन-हरामी।

भरि भरि द्रोह विषै[8] कौं धावत[9], जैसैं सकूर ग्रामी।

सुनि सतसंग होत जिय आलस, विषयिनि संग बिसरामी।

श्रीहरि-चरन छाँड़ि बिमुखनि की निसि-दिन करत गुलामी।

पापी परम, अधम, अपराधी, सब पतितनि में नामी[10]।

सूरदास प्रभु अधम-उधारन सुनियै श्रीपति स्वामी।।30।।

❖ ❖ ❖

---

1. टीका, सर्वोपरि 2. जन्म का 3. शूल, काँटा, कष्ट 4. पाप 5. खींचकर 6. अच्छा 7. दुष्ट
8. विषय 9. दौड़ता हूँ 10. प्रसिद्ध

जौ पै तुमहीं बिरद बिसारौ[1]

तौ कहौ कहाँ जाइ करुनामय, कृपिन[2] करम कौ मारौ!

दीन-दयाल, पतित-पावन, जस बेद बखानत चारौ।

सुनियत कथा पुरानिन, गनिका, ब्याध, अजामिल तारौ।

राग-द्वैष, बिधि-अबिधि, असुचि-सुचि[3], जिहि प्रभु जहाँ सँभारौ।

कियौ न कबहु विलंब कृपानिधि, सादर सोच निवारौ।

अगनित गुण हरि नाम तिहारैं, अजौ अपुनपौ[4] धारौ।

सूरदास-स्वामी, यह जन अब करत करत स्रम[5] हारौ।।31।।

❖ ❖ ❖

जैसैं राखहु तैसैं रहौं।

जानत हो दुख-सुख सब जन के, मुख करि कहा कहौं?

कबहुँक भोजन लहौं कृपानिधि, कबहुँक भूख सहौं।

कबहुँक चढ़ौ तुरंग[6], महा गज, कबहुँक भार बहों।

कमल-नयन, घन-स्याम-मनोहर, अनुचर भयौ रहों।

सूरदास-प्रभु भक्त-कृपानिधि, तुम्हरे चरन गहौं[7]।।32।।

❖ ❖ ❖

---

1. भुलाओ 2. अभागा 3. अपवित्र-पवित्र 4. अपनापन 5. परिश्रम, प्रयत्न 6. घोड़ा 7. पकड़ता हूँ

मेरो मन अनत[1] कहाँ सुख पावै।

जैसे उड़ि जहाज कौ पंछी, फिरि जहाज पर आवै।

कमल-नैन कौ छाँड़ि महातम[2], और देव कौं ध्यावै।

परम गंग कौं छाँड़ि पियासौ दुरमति[3] कूप खनावै[4]।

जिहिं मधुकर अंबुज-रस चाख्यौ, क्यों करील-फल भावै।

सूरदास-प्रभु कामधेनु तजि, छेरी[5] कौन दुहावै।।33।।

जौ हम भले बुरे तौ तेरे ?

तुम्हैं हमारी लाज-बड़ाई, बिनती सुनि प्रभु मेरे।

सब तजि तुम सरनागत आयौ, दृढ़ करि चरन गहेरें[6]।

तुम प्रताप-बल बदत न काहूँ, निडर भए घर-चेरें[7]।

और दे सब रंक-भिखारी, त्यागे बहुत अनेरें[8]।

सूरदास प्रभु तुम्हरी कृपा तैं, पाए सुख जु घनेरें[9]।।34।।

---

1. अन्यत्र 2. महातम्य 3. मूर्ख 4. खुदाता है 5. बकरी 6. पकड़े 7. घर का सेवक 8. अन्य 9. बहुत

प्रभु मेरे, मोसौं पतित उधारौ।

कामी, कृपिन, कुटिल, अपराधी, अघनि[1] भरयौ बहुभारौ।

तीनौ पन मैं भक्ति न कीन्ही, काजर[2] हूँ तैं कारौ।

अब आयौ हौं सरन तिहारी, ज्यौं जानौ त्यौं तारौ।

गीध-ब्याध-गज-गनिका उधरी[3], लै लै नाम तिहारो।

सूरदास प्रभु कृपावंत है, लै भक्तनि मैं डारौ[4]।।35।।

❖ ❖ ❖

हमारे प्रभु, औगुन[5] चित न धरौ।

समदरसीं[6] है नाम तुम्हारौ, सोई पार करौ।

इक लोहा पूजा मैं राखत, इक घर बधिक[7] परौ।

सो दुबिधा पारस नहिं जानत, कंचन करत खरौ।

इक नदिया इक नार कहावत, मैलौ[8] नीर भरौ।

जब मिलि गए तब एक बरन[9] है, गंगा नाम परौ।

तन माया, ज्यौं ब्रह्म कहावत, सूर सु मिलि बिगरौ।

कै इनको निरधार कीजिए, कै प्रन जात टरौ[10]।।36।।

❖ ❖ ❖

---

1. पाप 2. काजल 3. उद्धार हो गया 4. डाल दो 5. अवगुण 6. समदर्शी 7. कसाई 8. गंदा
9. वर्ण, रंग 10. टलता है

बिरथा[1] जन्म लियौ संसार।

करी कबहुँ न भक्ति हरि की, मारी जननी भार।

जग, जप, तप नाहिं कीन्ह्यौ, अल्प मति बिस्तार।

प्रगट प्रभु नहिं दूरि हैं, तू देखि नैन पसार।

प्रबल माया ठग्यौ सब जग, जनम जुआ[2] हार।

सूर हरि कौ सुजस[3] गावौ, जाहि मिटी भर-भार।।37।।

❖ ❖ ❖

अब मैं जानी, देह बुढ़ानी[4]।

सीस, पाउँ, कर कह्यौ न मानत, तन की दसा सिरानी[5]!

आन कहत, आनै कहि आवत, नैन-नाक बहै पानी।

मिटि दइ चमक-दमक अंग-अंग की, मति अरु दृष्टि हिरानी[6]।

नाहिं रही कछु सुधि तन-मन की, भई जु बात बिरानी[7]।

सूरदास अब होत बिगूचनि, भजि लै सारंगपानि।।38।।

❖ ❖ ❖

---

1. व्यर्थ 2. जुआ 3. सुयश, कीर्ति 4. बूढ़ी हो गई है 5. ठंडी, शिथिल हो गई है 6. खो गई है
7. व्यतीत हो गई

धोखैं ही धोखैं डहकायौ[1]।

समुझि न परी, विषय-रस गीध्यौ[2], हरि-हीरा घर माँड[3] गँवायौ।

ज्यौं कुरंग जल देखि अवनि[4] कौ, प्यास न गई चहूँ दिसि धायौ।

जनम-जनम बहु करम किए हैं, तिनमैं आपुन आपु बंधायौ।

ज्यौं सुक सेमर सेव त्रास लगि, निसि-बासर हठि चित्त लगायौ।

रीतौ परयौ जबै फल चाख्यौ, उड़ि गयौ तूल[5], ताँवरौ[6] आयौ।

ज्यौं कपि डोरि बांधि बाजीगर, कन-कन कौं चौहटें[7] नचायौ।

सूरदास भगवंत-भजन बिनु, काल-ब्याल पै आपु डसायौ।।39।।

❖ ❖ ❖

तजौ मन, हरि-बिमुखनि[8] कौ संग।

जिनके संग कुमति उपजाति है, परत भजन मैं भंग।

कहा होत पय-पान[9] कराएँ, बिष नहिं तजत भुजंग।

कागहिं कहा कपूर चुगाएँ, स्वान न्हवाएँ[10] गंग।

खर कौं कहा अरगजा-लेपन, मरकट भूषन अंग।

गज कौं कहा सरित अन्हवाएँ, बहुरि धरै वह ढंग।

पाहन[11] पतित बान नहिं बेधत, रीतौ करत निषंग।

सूरदास कारी[12] कामरि पै, चढ़त न दूजौ रंग।।40।।

❖ ❖ ❖

---

1. भ्रमित हुआ 2. फँसा, डूबा 3. मध्य, बीच 4. पृथ्वी, धरती 5. रुई 6. चक्कर 7. चौगान
8. विमुख 9. दुग्ध पान 10. स्नान करवाए 11. पत्थर 12. कंबल

वात्सल्य

कन्हैया हालरौ[1] हलरोइ ।
हौं वारी तव इंदु-वदन पर, अति छबि अलस[2] भरोइ ।
कमल-नयन कौं कपट किए माई, इहि ब्रज आवै जोइ ।
पालागौं विधि ताहि बकी[3] ज्यौं, तू तिहि तुरत विगोइ[4] ।
सुनि देवता बड़े, जग-पावन, तू पति या कुल कोइ ।
पद पूजिहौं, बेगि यह बालक करि दै मोहिं बड़ोइ ।
दुतिया[5] के ससि लौं बाढ़ै सिसु, देखे जननि जसोइ ।
यह सब सूरदास कैं नैननि, दिन-दिन दूनौ[6] होइ ।।1।।

❖ ❖ ❖

चरन गहे[7] अँगुठा मुख मेलत ।
नंद-घरनि[8] गावति, हलरावति, पलना पर हरि खेलत ।
जे चरनारबिंद श्री-भूषन[9], उर तैं नैं कु न टारति ।
देखौं धौं का रस चरननि मैं, मुख मेलत करि आरति ।
जा चरनारबिंद के रस कौं सुर-मुनि करत विषाद ।
सो रस है मोहूँ कौं दुरलभ, तातैं लेत सवाद ।
उछरत[10] सिंधु, धराधर[11] काँपत, कमठ[12] पीठ अकुलाइ ।
सेष सहसफन डोलत लागे, हरि पीवत जब पाइ ।
बढ्यौ बृच्छ बट[13]; सुर अकुलाने, गगन भयौ उतपात ।
महा प्रलय के मेघ उठे करि जहाँ-तहाँ आघात ।
करुना करी, छाँड़ि पग दीन्हौ, जानि सुरनि मन संस[14] ।
सूरदास प्रभु असुर-निकंदन, दुष्टनि कैं उर गंस[15] ।।2।।

❖ ❖ ❖

---

1. झूला 2. अलसाया, सुंदर 3. पूतना 4. नष्ट कर देना 5. द्वितीया 6. दोगुना 7. पकड़कर 8. नंद की पत्नी (यशोदा) 9. लक्ष्मी का आभूषण 10. हिलोरे लेने लगा 11. पहाड़ 12. कछुआ 13. वट वृक्ष 14. संशय 15. शूल

जसुदा मदन गुपाल सोवावै[1]।

देखि सयन-गति त्रिभुवन कंपै[2], ईश[3] बिरंचि[4] भ्रमावै।

असित-अरुन-सित[5] आलस लोचन उभय[6] पलक परि आवै।

जनु रवि गत संकुचित कमल जुग, निसि अलि उड़न न पावै।

स्वास उदर उससित[7] यौं, मानौ दुग्ध-सिंधु छबि पावै।

नाभि-सरोज प्रगट पदमासन उतरि नाल पछितावै।

कर सिर-तर[8] करि स्याम मनोहर, अलक अधिक सोभावै।

सूरदास मानौ पन्नगपति[9], प्रभु ऊपर फन छावै।।3।।

❖ ❖ ❖

जसुमति मन अभिलाष[10] करै।

कब मेरो लाल घुटुरुवनि रेंगे, कब धरनी पग द्वैक[11] धरै।

कब द्वै दाँत दूध के देखों, कब तोतरैं[12] मुख बचन झरै।

कब नंदहि बाबा कहि बोलै, कब जननी कहि मोहिं ररै[13]।

कब मेरौ अँचरा[14] गहि मोहन, जोइ-सोइ कहि मोसौं झगरै।

कब धौं तनक-तनक[15] कछु खैहै अपने कर सों मुखहि भरै।

कब हँसि बात कहैगौ मोसौं, जा छबि तैं दुख दूरि हरै।

स्याम अकेले आँगन छाँड़े, आपु गई कछु काज घरै।

इहि अंतर अँधवाह उठ्यौ इक, गरजत गगन सहित घहरै[16]।

सूरदास ब्रज-लोग सुनत धुनि, जो जहँ-तहँ सब अतिहिं[17] डरै।।4।।

❖ ❖ ❖

---

1. सुलाती है 2. काँप उठा 3. शंकर 4. ब्रह्मा 5. श्याम-लाल-श्वेत 6. दोनों 7. ऊपर-नीचे
8. सिर के नीचे 9. शेषनाग 10. इच्छा 11. दो-एक 12. तुतलाते 13. पुकारेगा, रटेगा 14. आँचल
15. थोड़ा-थोड़ा 16. गहराए 17. अत्यधिक

अब हौं[1] बलि-बलि[2] जाउँ हरी।

निसि दिन रहित विलोकति हरि-मुख छाँड़ि सकति नहिं एक घरी।

हों अपने गोपाल लड़ैहौं, भौन[3] छाड़ सब रहौ धरी।

पाऊँ कहाँ खिलावन कौ सुख, मैं दुखिया, दुख कोखि[4] जरी।

जा सुख कौं सिव-गौरि मनाई, तिय-ब्रत नेम अनेक करी।

सूर स्याम पाए पेंड़े[5] में, ज्यों पावै निधि रंक परी।।5।।

❖ ❖ ❖

हरि किलकत जसुदा की कनियाँ[6]।

निरखि-निरखि मुख कहति लाल सौं, मो निधनी के धनियाँ[7]।

अति कोमल तन चितै स्याम कौं, बार-बार पछितात।

कैसें बच्यौ, जाउँ बलि तेरी, तृनावर्त[8] कैं घात[9]।

ना जानौं धौं कौन पुन्य तैं, को करि लेत सहाइ।

वैसौ काम पूतना कीन्हौं, इहि ऐसौं कियौ आइ।

माता दुखित जानि हरि बिहँसे, नान्ही[10] दँतुली दिखाइ।

सूरदास प्रभु माता चित तैं दुख डारयौ बिसराइ[11]।।6।।

❖ ❖ ❖

---

1. मैं 2. बलिहारी जाती हूँ 3. भवन 4. कोख 5. मार्ग 6. गोद 7. धन 8. तृणावर्त (हवा और तिनकों का चक्र) 9. आघात, प्रहार 10. छोटी, नन्ही 11. भुलवा दिया

खेलत नंद-आँगन गोविंद।

निरखि-निरखि जसुमति सुख पावति, बदन[1] मनोहर इंदु[2]।

कटि[3] किंकिनी[4] चंद्रिका मानिक, लटकन लटकन भाल।

परम सुदेस कंठ केहरि-नख[5], बिच-बिच बज्र प्रवाल।

कर पहुँची[6], पाइनि[7] मैं नूपुर, तन राजत पट[8] पीत।

घुटुरुनि चलत, अजिर[9] महँ बिहरत, मुख मंडित नवनीत।

सूर विचित्र चरित्र स्याम के रसना कहत न आवैं।

बाल दसा अवलोकि सकल मुनि, जोग बिरति[10] बिसरावैं।।7।।

❖ ❖ ❖

सोभित[11] कर नवनीत[12] लिए।

घुटुरुनि चलत रेनु[13]-तन-मंडित, मुख दधि लेप किए।

चारु कपोल, लोल लोचन, गोरोचन[14] तिलक दिए।

लट-लटकनि[15] मन मत्त मधुप गन[16] मादक मधुहिं पिए।

कठुला-कंठ, बज्र केहरि नख, राजत रुचिर हिए[17]।

धन्य सूर एको पल इहिं सुख, का सत कल्प जिए।।8।।

❖ ❖ ❖

---

1. मुख 2. चंद्रमा 3. कमर 4. करधनी 5. सिंह का नाखून 6. आभूषण का नाम 7. पाँव 8. वस्त्र
9. आँगन 10. विरक्ति 11. शोभाययान 12. मक्खन 13. धूल 14. गाय के अमाशय से प्राप्त पथरी
15. बालों की लटें 16. भ्रमरगण 17. हृदय

खीझत जात माखन खात।

अरुन लोचन, भौंह टेढ़ी, बार-बार जँभात[1]।
कबहुँ रुनझुन चलत घुटुरुनि, धूरि[2] धूसर गात[3]।
कबहूँ झुकि के अलक[4] खैंचत, नैन जल भरि जात।
कबहुँ तोतर[5] बोल बोलत, कबहुँ बोलत तात।
सूर हरि की निरखि सोभा, निमिष[6] तजत न मात।।9।।

❖ ❖ ❖

किलकत कान्ह घुटुरुवनि आवत।

मनिमय कनक नंद कैं आँगन, बिंब पकरिबैं[7] धावत।
कबहुँ निरखि हरि आपु[8] छाँह कौं, कर सौं पकरन चाहत।
किलकि[9] हँसत राजत द्वै[10] देतियाँ, पुनि-पुनि तिहि अवगाहत।
कनक-भूमि पर कर-पग-छाया, यह उपमा इक राजति।
करि-करि प्रतिपद प्रतिमनि बसुधा, कमल बैठकी[11] साजति।
बाल-दसा-सुख निरखि जसोदा, पुनि-पुनि नंद बुलावति।
अँचरा तर लै ढाँकि, सूर क प्रभु कौं दूध पियावति।।10।।

❖ ❖ ❖

---

1. जम्हाई 2. धूल 3. शरीर 4. बाल 5. तुतलाते 6. पलकें 7. पकड़ने के लिए 8. अपनी
9. किलकारी मार कर 10. दो 11. आसन

धनि[1] जसुमति बड़भागिनी[2], लिए कान्ह खिलावै।

तनक-तनक भुज पकरि कै, ठाढ़ौ[3] होन सिखावै।

लरखरात गिरि परत हैं, चलि घुटुरुनि धावैं।

पुनि क्रम-क्रम भुज टेकि कै, पग द्वैक चलावै।

अपने पाइनि कबहिं लौं, मोहि देखन धावै[4]।

सूरदास जसुमति इहै बिधि सौं जु मनावै।।11।।

❖ ❖ ❖

चलन चहत पाइनि[5] गोपाल।

लए लाइ अँगुरी नंदरानी, सुंदर स्याम तमाल।

डगमगात गिरि परत पानि पर, भुज भ्राजत[6] नंदलाल।

जनु सिर पर ससि जानि अधोमुख, धुकत नलिनि नभि नाल।

धूरि-धौत[7] तन, अंजन नैननि, चलत लटपटी चाल।

चरन रनित नपुर-धुनि, मानौ बिहरत बाल मराल[8]।

लट लटकनि सिर चारु चखौड़ा[9], सुठि सोभा सिसु भाल।

सूरदास ऐसौ सुख निरखत, जग जीजै[10] बहु काल।।12।।

❖ ❖ ❖

---

1. धन्य 2. सौभाग्यशाली 3. खड़ा 4. दौड़ते हैं 5. पाँवों से 6. डगमगाकर गिरना 7. धूल धूसरित
8. मृणाल 9. काजल का टीका 10. जीते रहना

सिखवति चलन जसोदा मैया।

अरबराइ[1] कर[2] पानि गहावत, डगमगाइ धरनी धरे पैया।

कबहुँक सुंदर बदन बिलोकति, उर आनंद भरि लेति बलैया।

कबहुँक कुल-देवता मनावति, चिरजीवहु मेरौ कुँवर कन्हैया।

कबहुँक बल कौं टेरि[3] बुलावति, इहि आँगन खेलौ दोउ भैया।

सूरदास स्वामी की लीला, अति प्रताप बिलसत नंदरैया।।13।।

❖ ❖ ❖

भीतर तैं बाहर लौं[4] आवत।

घर आँगन अति चलत सुगम भए, देहरि अँटकावत[5]।

गिरि-गिरि परत, जान नहिं उलँघी[6], अति श्रम होत नघावत।

अहुँठपैग बसुधा सब कीनी, धाम अवधि बिरमावत।

मन हीं मन बलबीर कहत हैं, ऐसे रंग बनावत।

सूरदास-प्रभु-अगनित-महिमा, भगतनि कैं मन भावत।।14।।

❖ ❖ ❖

---

1. लड़खड़ाकर 2. हाथ 3. पुकारकर 4. तक 5. अटक जाते हैं 6. लाँघना

चलत देखि जसुमति सुख पावै।

ठुमुकि-ठुमुकि पग धरनी रेंगत, जननी देखि दिखावै।
देहरि लौं चलि जात, बहुरि फिरि-फिरि इतहीं[1] कौं आवै।
गिरि-गिरि परत, बनत नहिं नाँघत[2] सुर-मुनि सोच करावै।
कोटि ब्रह्मंड करत छिन भीतर, हरत[3] बिलंब न लावै।
ताकौं लिए नंद की रानी, नाना खेल खिलावै।
तब जसुमति कर टेकि स्याम कौं, क्रम-क्रम करि उतरावै।
सूरदास प्रभु देखि-देखि, सुर-नर-मुनि-बुद्धि भुलावै।।15।।

❖ ❖ ❖

हरि हरि हँसत मेरौ माधैया।

देहरि चढ़त परत गिरि-गिरि, कर-पल्लव[4] गहति[5] जु मैया।
भक्ति-हेत जसुदा के आगें, धरनी चरन धरैया[6]।
जिनि चरननि छलियौ[7] बलि राजा, नख गंगा जु बहैया।
जिहि सरूप मोहे ब्रह्मादिक, रवि-ससि कोटि उगैया।
सूरदास तिन प्रभु चरननि की, बलि-बलि मैं बलि जैया।।16।।

❖ ❖ ❖

---

1. इधर ही 2. लाँघना 3. नष्ट, खत्म 4. हाथ रूपी पत्ते 5. पकड़ती है 6. धरने वाले 7. छला

झुनक स्याम की पैजनियाँ।

जसुमति-सुत कौं चलन सिखावति, अँगुरी गहि-गहि दोउ जनियाँ[1]।

स्याम बरन पर पीत झँगुलिया[2], सीस कुलहिया[3] चौतनियाँ[4]।

जाकौ ब्रह्मा पार न पावत, ताहि खिलावति ग्वालिनियाँ।

दूर न जाहु निकटहीं खेलौ, मैं बलिहारी रेंगनियाँ[5]।

सूरदास जसुमति बलिहारी, सुतहिं खिलावति लै कनियाँ।।17।।

❖ ❖ ❖

जसोदा, तेरौ चिरजीवहु[6] गोपाल।

बेगि[7] बढ़ै बल सहित बिरध लट[8], महरि मनोहर बाल।

उपजि परयौ[9] सिसु कर्म पुन्य फल, समुद्र-सीप ज्यौं लाल।

सब गोकुल कौ प्रान-जीवन धन, बैरिनि कौ उर साल।

सूर कितौ सुख पावत लोचन, निरखत घुटुरुनि चाल।

झारत रज[10] लागे मेरी अँखियनि रोग दोष जंजाल।।18।।

❖ ❖ ❖

---

1. दोनों स्त्रियाँ (यशोदा और रोहिणी) 2. शिशु को पहनाए जाने वाला ऊपर का वस्त्र 3. बच्चों की एक छोटी टोपी 4. चौकोर 5. रेंगने पर 6. चिरंजीवी 7. जल्दी 8. दीर्घ 9. जन्म लिया 10. धूल

गोपालराइ दधि माँगत अरु रोटी।

माखन सहित देहि मेरी मैया, सुपक[1] सुकोमल रोटी।

कत हौ आरि[2] करत मेरे मोहन तुम आँगन मैं लोटी?

जो चाही सो लेहु तुरतहीं, छाँड़ौ यह मति खोटी।

करि मनुहारि कलेऊ दीन्हौ, मुख चुपन्यौ अरु चोटी।

सूरदास कौ ठाकुर ठाढ़ौ हाथ लकुटिया छोटी।।19।।

❖ ❖ ❖

हरि अपनैं आँगन कछु गावत।

तनक-तनक[3] चरननि सौं नाचत, मनहीं मनहि रिझावत।

बाहँ उठाइ काजरी-धौरी[4] गैयनि[5] टेरि बुलावत।

कबहुँक बाबा नंद पुकारत, कबहुँक घर मैं आवत।

माखन तनक आपनैं कर लै, तनक बदन मैं नावत।

कबहुँ चिते प्रतिबिंब खंभ मैं, लोनी लिए खवावत।

दुरि[6] देखति जसुमति यह लीला, हरष अनंद बढ़ावत।

सूर स्याम के बाल-चरित, नित नितही देखत भावत।।20।।

❖ ❖ ❖

---

1. अच्छी तरह पकी हुई 2. ज़िद 3. छोटे-छोटे 4. काली-सफ़ेद 5. गायों को 6. छिपकर

मैया, मैं तो चंद-खिलौना[1] लैहौं।

जैहौं[2] लोटि धरनि पर अबहीं, तेरी गोद न ऐहौं।

सुरभी और पय पान न करिहौं, वेनी[3] सिर न गुहैहौं[4]।

ह्वैहौं पूत नंद बाबा कौ, तेरौ सुत न कहैहौं।

आगें आउ, बात सुनि मेरी, बलदेवहिं न जनैहौं।

हँसि समुझावति, कहति जसोमति, नई दुलहिया दैहौं।

तेरी सौं, मेरी सुनि भैया, अबहि बियाहन[5] जैहौं।

सूरदास ह्वै कुटिल बराती, गीत सुमंगल गैहौं[6]।।21।।

❖ ❖ ❖

मैया री मैं चंद लहौंगो।

कहा करौ जलपुट भीतर कौ, बाहर ल्यौं कि गहौं गौ।

यह तो झलमलात झकझोरत, कैसे के जु लहौंगौ[7]।

वह तो निपट निकटहीं देखत, बरज्यौ[8] हौं न हौं गो।

तुम्हरौ प्रेम प्रगट मैं जान्यौ, बौराएँ[9] न बहौंगो।

सूर स्याम कहै कर गहि ल्याऊँ, ससि-तन-दाप दहौंगो।।22।।

❖ ❖ ❖

---

1. चंद्रमा का खिलौना 2. जाऊँगा 3. चोटी 4. गुँथवाऊँगा 5. विवाह के लिए 6. गाऊँगा 7. लूँगा
8. रोका हुआ 9. पागल बनना

जसुमति लै पलिका[1] पौढ़ावति[2]।

मेरौ आजु अतिहिं बिरु झानौं, यह कहि-कहि मधुरैं सुर गावति।

पौढ़ि गई हरुएँ करि आपुन, अंग मोरि तब हरि-जँभुआने[3]।

कर सौं ठौंकि सुतहि दुलरावति, चटपटाइ बैठे अतुराने।

पौढ़ौ लाल, कथा इक कहिहौं अति मीठी, स्रवननि कौं प्यारी।

यह सुनि सूर स्याम मन हरषे, पौढ़ि गए हँसि देत हुँकारी[4]।।23।।

❖ ❖ ❖

प्रात भयौ, जागौ गोपाल।

नवल सुंदरी आई, बोलत तुमहि सबै ब्रजबाल।

प्रगट्यौ[5] भानु[6], मंद भयौ उड़पति[7] फूले तरुन तमाल।

दरसन कौं ठाढ़ी[8] ब्रजवनिता, गूँथि कुसुम बनमाल।

मुखहिं धोइ सुंदर बलिहारी, करहु कलेऊ लाल।

सूरदास प्रभु आनंद के निधि, अंबुज[9]-नैन बिसाल।।24।।

❖ ❖ ❖

जागौ, जागौ हो गोपाल।

नाहिंन इतौ[10] सोइयत सुनि सुत, प्रात परम सुचि[11] काल।

फिरि-फिरि जात निरखि मुख छिन-छिन, सब गोपनि के बाल।

बिन बिकसे कल कमल-कोष तैं मनु मधुपनि की माल।

जो तुम मोहिं न पत्याहु[12] सूर प्रभु, सुंदर स्याम तमाल।

तौ तुमहीं देखौ आपुन तजि निद्रा नैन बिसाल।।25।।

❖ ❖ ❖

---

1. पालना 2. सुलाती है 3. जम्हाई ली 4. हुँकारा, हाँ करना 5. प्रगट हुआ 6. सूर्य 7. चंद्रमा
8. खड़ी हुई 9. कमल 10. इतना 11. पवित्र 12. विश्वास करना

संयोग

मैं अपनौ मन हरत न जान्यौ।

कीधौ[1] गयौ संग हरि कैं वह, कीधौं पंथ भुलान्यौ[2]॥

कीधौं स्याम हटकि है राख्यौ, कीधौं आपु रतान्यौ।

काहे तैं सुधि करी न मेरी, मोपै कहा रिसान्यौ[3]॥

जबहीं हरि ह्वाँ है निकसे, बैरु तबहिं तैं ठान्यौ।

सूर स्याम संग चलन कह्यौ मोहि कह्यौ नहीं तब मान्यौ॥1॥

❖ ❖ ❖

स्याम करत हैं मन की चोरी।

कैसैं मिलत आनि[4] पहिलैं ही, कहि-कहि बतियाँ भोरी[5]॥

लोक-लाज की कानि[6] गँवाई, फिरति गुड़ी[7] बस डोरी[8]।

ऐसे ढंग स्याम अब सीख्यौ, चोर भयौ चित कौ री॥

माखन की चोरी सहि लीन्ही, बात रही वह थोरी।

सूर स्याम भयौ निडर तबहिं तैं, गोरस लेत अंजोरी॥2॥

❖ ❖ ❖

---

1. अथवा 2. भूल गया 3. क्रोधित हुआ 4. आंकर 5. भोली 6. मर्यादा 7. पतंग 8. पतंग का धागा

सुनहु सखी हरि करत न नीकी[1]।

आपु स्वारथी हैं मनमोहन, पीर[2] नहीं पर ही की॥

वै तौ निठुर सदा मैं जानति, बात कहत मनही की।

कैसेहुँ उनहिं हाथ करि पाऊँ रिस[3] मेटौं[4] सब जी की॥

चितवत नहीं मोहिं सुपनैंहूँ, को जानै उन ही की।

ऐसौं मिली सूर के प्रभु कौं, मनहुँ मोल लै बीकी[5]॥3॥

❖ ❖ ❖

सुंदर स्याम की पिया की जोरी।

सखी गाँठि[6] दै मुदित राधिका, रसिक हँसी मुख मोरी॥

वै मधुकर[7] ये कंज कली, वै चतुर एउ नहिं भोरी।

प्रीति परस्पर करि दोऊ सुख, बात जतन की जोरी॥

बृंदाबन वै सिसु तमाल ये कनक-लता[8] सी गोरी।

सूर किसोर नवल नागर ये, नागरि नवल किसोरी॥4॥

❖ ❖ ❖

---

1. अच्छी 2. कष्ट, पीड़ा 3. क्रोध 4. मिटाऊँ 5. बिक गई 6. गाँठ बाँध ले 7. भ्रमर 8. स्वर्ण लता

सुनि सजनि ये ऐसे लागत।

एन प्रान जुग तन सुख-कारन, एकौ निमिष[1] न त्यागत॥

बिछुरत नहीं संग तैं दोऊ[2] बैठत, सोवत, जागत।

पूरब नेह आजु यह नाहीं, मोसौं सुनहु अनागत॥

मेरी कही साँच तुम जानौ, कीजौं आगत स्वागत।

सूर स्याम राधा-बर ऐसे, प्रीतिहिं तैं अनुरागत॥5॥

❖ ❖ ❖

गोपी स्याम-रंग राँची[3]।

देह-गेह-सुधि[4] बिसारि, बढ़ी प्रीति साँची॥

दुबिधा उर[5] दूरि भई, गई मति वह काँची।

राधा तैं आपु बिबस भई, उघरि नाँची॥

हरि तजि जो और भजै, पुहुमि[6] लीक खाँची।

मातु-पिता-लोक-भीति[7], वाकी नहिं बाँची॥

सकुच जबहिं आवै उर, बार-बार झाँची।

सूर स्याम-पद-पराग, ता ही मैं माँची॥6॥

❖ ❖ ❖

---

1. क्षण 2. दोनों 3. रची हुई 4. शरीर और घर की स्मृति 5. हृदय 6. पृथ्वी 7. भय

नैननि नींद गई री निसि दिन, पल पल छतियाँ लग्यौ रहै धर कौं[1]।
उन मोहन मुख मुरलि सुनत सखि, सुधि न रही इत घैरा घर[2] कौं॥
ननदी तौ न दिए बिनु गारी रहति, सासु सपनेहु नहिं ढरकौ[3]।
माइ निगोड़ी काननि मैं लिए रहै, मेरे पायनि[4] कौ खरकौ[5]॥
निकसन हूँ पैयै नहिं, कासौं दुख कहिये देखे नहिं हरि कौं।
सूरदास के प्रभु तन मेरौ, ज्यौ भयौ हाथ पत्थर तर[6] कौ॥7॥

❖ ❖ ❖

मोहन मुरलि बजाई रिझाई, तिनहीं हौं मोही री।
साँझ समय निकले है आँगन, हौं तब तैं चितवति ओही[7] री॥
काकी देह, गेह सुधि काकैं, को हैं हरि मोहूँ को ही री।
तेरे कहैं कहति हौं बानी, तब तैं मैं इकटक[8] जोही[9] री॥
मिलत नहीं नहिं संग तैं त्यागत, कहा करौं बूझौं तोही री।
सूर स्याम तब तैं नहिं आए, मन जब तैं लीन्हौ दोही री॥8॥

❖ ❖ ❖

---

1. धड़कता रहता है 2. घोर निंदा 3. द्रवित होना 4. पाँव 5. खटका, आहट 6. नीचे 7. उन्हीं को
8. एकटक, निरंतर 9. प्रतीक्षा कर रही हूँ

नंद-नंदन-बिनु कल[1] न परै।

अति अनुराग भरीं जुवती सब, जहाँ स्याम तहँ चित्त ढरै[2]॥

भवन गईं मन तहाँ न लागै गुरु गुरुजन अति त्रास करैं।

वै कछु कहैं, करैं कछु औरै, सासु ननद तिन पर झहरैं[3]॥

वहै तुमहिं पितु-मातु सिखायौ, बोल करति नहिं रिसनि जरैं।

सूरदास-प्रभु सौं चित अरुझ्यौ[4], यह समुझैं जिय ज्ञान धरैं॥9॥

❖ ❖ ❖

राधा रचि-रचि[5] सेज सँवारति।

तापर सुमन सुगंध बिछावति, बारंबार निहारति॥

भवन गवन[6] करि हैं हरि मेरैं हरषि दुखहिं निरुवारति[7]।

आबैं कबहुँ अचानक ही कहि, सुभग पाँवड़े डारति॥

इहिं अभिलाखहिं मैं हरि प्रगटे, निरखि भवन सकुचानी।

वह सुख श्रीराधा माधौ कौ, सूर उनहिं[8] जिय जानी॥10॥

❖ ❖ ❖

---

1. चैन 2. ढलता है 3. क्रोधित होती हैं 4. उलझ गया 5. रच-रचकर 6. गमन 7. निवारण
करती है 8. वही

कहा कहौं सुख कह्यौ न जाइ।

वह अभिलाख स्याम की आवनि, दोउनि उर आनंद न समाइ॥

द्वादश[1] कान्ह, द्वादशी आपुन, वह निसि, वह हरि-राधा जोग।

वह रस की झझकनि, वह महिमा, वह मुसुकनि, वैसौ संजोग॥

वै हित बोल परस्पर दोऊ, ठठकनि कहत प्रेम सकुचानि।

सूर स्याम कर बाम[2] भुजा धरि, उछँग लई वह मुख पहिचानि।।11।।

❖ ❖ ❖

धन्य कान्ह धनि[3] राधा गोरी।

धनि यह भाग, सुहाग धन्य यह, धन्य नवल-नवला-नव-जोरी[4]॥

धनि यह मिलनि, धन्य यह बैठनि, धनि अनुराग नहीं रुचि थोरी।

धनि यह अरस-परस[5] छबि लूटनि, महाचतुर, मुख-भोरे-भोरी[6]॥

प्यारी अंग-अंग अवलोकति, पिय अवलोकत लगति ठगोरी।

सूरदास प्रभु रीझि थकित भए, नागरि पर डारत तृन[7] तोरी[8]।।12।।

❖ ❖ ❖

नागरि-छबि पर रीझे स्याम।

कबहुँक वारत[9] हैं पीतांबर, कबहुँक वारत मुक्ता-दाम॥

कबहुँक वारत हैं कर मुरली, कबहुँक वारत मोहन-नाम।

निरखि रूप सुख अंत लहत नहिं, तनु मनु वारत पूरनकाम॥

बारंबार सिहात[10] सूर-प्रभु, देखि-देखि राधा सी वाम[11]।

इनकौं पलक ओट नहिं करिहौं, मन यह कहत बासरहु जाम[12]।।13।।

❖ ❖ ❖

---

1. बारह 2. बायीं 3. धन्य 4. जोड़ी 5. परस्पर 6. भोले-भोली, अबोध 7. तिनका 8. तोड़कर
9. न्यौछावर करते हैं 10. सराहना 11. स्त्री 12. दिन-रात

राधा सकुचि स्याम-मुख हेरति[1]।
चंद्रावली देखि कै आवत, ब्रज ही कौं पिय फेरति॥
जाहु-जाहु[2] मुख तैं कहि भाषति, कर तैं कर नहिं छूटत।
उतहिं सखी आवत सकुचानी, इतहि स्याम-सुख लूटत॥
दुख सुख हरष कछू नहिं जानति, स्याम-महारस माती[3]।
सूर उतहिं चंद्रावलि इकटक, उनकी कैं रँग राती॥14॥

❖ ❖ ❖

ऐसी कुँवरि[4] कहाँ तुम पाई।
राधा हूँ तैं नख-सिख सुंदरि, अब लौं कहाँ दुराई॥
काकी[5] नारि, कौन की बेटी, कौन गाउँ[6] तैं आई।
देखी सुनी न ब्रज, बृंदाबन, सुधि-बुधि हरति पराई॥
धन्य सुहाग भाग याकौ, यह जुवतिनि की मनभाई।
सूरदास-प्रभु हरषि मिले हँसि, ले उर कंठ लगाई॥15॥

❖ ❖ ❖

स्याम अचानक आए री।
पाछे[7] तैं लोचन देउ मूँदे, मोकौं हृदय लगाए री॥
लहनौ[8] ताकौ जाकै आवैं, मैं बड़भागिनि[9] पाए री।
यह उपकार तुम्हारौं सजनी, रूसे[10] कान्ह मिलाए री॥
ल्याई तुरत जाइ ब्रज नागर, जे अपराध छमाए री।
सूरदास प्रभु नैननि लागे, भावत नहिं बिसराए री॥16॥

❖ ❖ ❖

---

1. देखती है 2. जिस-जिस 3. मत्त, डूबी हुई 4. कुमारी 5. किसकी 6. गाँव 7. पीछे से 8. प्राप्य, प्राप्त हुआ 9. सौभाग्यशालिनी 10. रूठे

लोचन भए स्याम के चेरे[1]।

एते[2] पर सुख पावत कोटिक, मो तन[3] फेरि न हेरे॥

हा हा करत, परत हरि-चरननि, ऐसे बस भए उनहीं[4]।

उनकौं बदन बिलोकन निसि-दिन, मेरौ कह्यौ न सुनहीं॥

ललित त्रिभंगी छबि पर अँटके, फटके मोसौं तोरि।

सूर दसा यह मेरी कीन्हीं, आपुन हरि सौं जोरि[5]॥17॥

❖ ❖ ❖

हरि छबि देखि नैन ललचाने।

इकटक[6] रहे चकोर चंद ज्यौं, निमिष बिसरि[7] ठहराने॥

मेरौ कह्यौ सुनत नहिं स्रवननि, लोक लाज न लजाने।

गए अकुलाइ धाइ[8] मो देखत, नैंकुहुँ नहीं सकाने॥

जैसे सुभट[9] जात रन सन्मुख, लरत न कबहुँ पराने।

सूरदास ऐसी इनि कीन्हीं, स्याम-रंग लपटाने॥18॥

❖ ❖ ❖

---

1. दास 2. इतने 3. मेरे शरीर 4. उनके 5. जोड़कर 6. निरंतर, बिना पलक झपके 7. भूलकर
8. दौड़े 9. योद्धा

स्याम भए राधा बस ऐसैं।

चातक स्वाति, चकोर चंद ज्यौं, चक्रवाक[1] रबि[2] जैसैं॥

नाद कुरंग, मीन जल की गति, ज्यौं तनु[3] कैं बस छाया[4]।

इकटक नैन अंग-छबि मोहे, थकित भए पति-जाया[5]॥

उठैं उठत, बैठैं बैठत हैं, चलैं चलत सुधि नाहीं।

सूरदास बड़भागिनि राधा, समुझि मनहिं मुसुकाहीं॥19॥

❖ ❖ ❖

पियहिं निरखि प्यारी हँसि दीन्हौं।

रीझे स्याम अंग-अंग निरखत, हँसि नागरि उर लीन्हौं॥

आलिंगन दै अधर दसन[6] खंडि, कर गहि[7] चिबुक उठावत।

नासा[8] सौं नासा लै जोरत, नैन नैन परसावत[9]॥

इहिं अंतर प्यारी उर निरख्यौ, झझकि भई तब न्यारी।

सूर स्याम मोकौं दिखरावत, उर ल्याए धरि प्यारी॥20॥

❖ ❖ ❖

---

1. चकवा 2. सूर्य 3. शरीर 4. परछाई 5. प्रिय पत्नी 6. दाँत 7. पकड़कर 8. नाक 9. स्पर्श करवाते हैं

बिहरत दोउ मन एक करे।

एक भाव इक भए लपटि कै, उर-उर जोरि धरे॥

मनहुँ सुभट रन[1] एक संग जुरि, करि बल नहीं डरे।

अधर दसन छत[2], नख छत उर पर घायनि फरहिं परे॥

इहिं सुख, इहिं उपमा पटतर को, रति संग्राम लरे[3]।

सूर सखी निरखति अंतर भई, रतिपति-काज सरे॥21॥

❖ ❖ ❖

मैं जानी पिय बात तुम्हारी।

भोर भए मेरैं गृह आए, ऐसे भोरे भारी॥

ह्वाँ आए मुख परसन मेरौ, हृदय टरति नहिं प्यारी।

कपट चतुरई दूरि करौ जू, अपजस लेतस गारी॥

कहा साँच मैं खोवत कर तैं, झूठैं कहा फबावत[4]!

सूर स्याम नागर नागरि वह, हम तुम्हैं मन आवत?॥22॥

❖ ❖ ❖

स्याम हँसे प्यारी मुख हैरौ[5]।

रिसनि उठी झहराइ, कह्यौ यह, बस कीन्हौ मन मेरौ॥

जाइ हँसौ पिय ताही आगैं, मैं रीझी अति भारी।

ऐसैं हँसि-हँसि ताहि रिझावहु, देहु कहा अब गारी[6]॥

होत अबार[7] गवन अब कीजै, धरनी कहा निहारत।

सूर स्याम मन की मैं जानी, ताके गुनहिं बिचारत॥23॥

❖ ❖ ❖

---

1. रण युद्ध 2. दंत क्षत 3. लड़ते हैं 4. अच्छे लगते हो 5. देखकर 6. गाली 7. विलंब, देर

स्यामा तू अति स्यामहिं भावै[1]।

बैठत-उठत, चलत, गौ चारत[2], तेरी लीला गावै॥

पीत बरन लखि पीत बसन उर, पीत धातु अंग लावै।

चंद्राननि[3] सुनि, मोर चंद्रिका, माथे मुकुट बनावै॥

अति अनुराग सैन[4] संभ्रम मिलि, संग परम सुख पावै।

बिछुरत तोहि कासि राधा कहि, कुंज-कुंज प्रति धावै[5]॥

तेरौ चित्र लिखै, अरु निरखैं, बासर-विरह[6] नसावैं[7]।

सूरदास रस-रासि रसिक सौं, अंतर क्यौं करि आवै।।24।।

❖ ❖ ❖

राधे बोलत नंद किशोर।

ललित त्रिभंग स्याम सुंदर घन[8], नाचत ज्यौं बन-मोर[9]॥

छिनु-छिनु बिलंब करति है सुंदरि, क्यौं ब रहत मन तोर।

आनंद-कंद चंद-बृंदावन, तू करि नैन चकोर॥

कहा कहीं महिमा सुभाग[10] की, पुन्य गनत नहिं ओर।

सूरदास प्रभु पै चलि नागरि, लै मिलि प्रान अँकोर[11]।।25।।

❖ ❖ ❖

---

1. अच्छी लगती है 2. चराते हुए 3. चंद्रमुखी (राधा) 4. संकेत 5. दौड़ते हैं 6. दिन का विरह
7. नष्ट करते हैं 8. बादल 9. वन का मोर 10. सौभाग्य 11. गले लगाकर

वियोग

करि गए थोरे दिन की प्रीति।

कहँ वह प्रीति कहाँ यह बिछुरनि[1], कहँ मधुबन की रीति॥

अब की बेर मिलौ मनमोहन, बहुत भई बिपरीति[2]।

कैसैं प्रात रहत दरसन बिनु, मनहु गए जुग बीति॥

कृपा करहु गिरिधर हम ऊपर, प्रेम रह्यौ तन जीति।

सूरदास प्रभु तुम्हरे मिलन बिनु भई भुस[3] पर की भीति[4]॥1॥

❖ ❖ ❖

प्रीति करि दीन्ही गरैं[5] छुरी।

जैसे बधिक[6] चुगाइ कपट-कनख[7] पाछैं[8] करत बुरी॥

मुरली मधुर चेप[9] काँपा करि, मोर चंद्र फँदवारि[10]।

बंक बिलोकनि लगी, लोभ-बस, सकी न पंख पसारि॥

तरफ़त छाँड़ि गए मधुबन कौं, बहुरि न कीन्ही सार।

सूरदास प्रभु संग कल्पतरु , उलटि न बैठी डार॥2॥

❖ ❖ ❖

---

1. वियोग 2. रीति विरुद्ध 3. भूसा 4. दीवार 5. गले 6. बहेलिया 7. छल के दाने 8. पीछे, बाद में
9. चिपचिपा पदार्थ, लासा 10. फंदा

देखियति कालिंदी[1] अति कारी[2]।

अहौ पथिक कहियौ उन हरि सों, भई बिरह जुर[3] जारी[4]॥

गिरि-प्रजंक[5] तैं गिरति धरनि धँसि, तरंग तरफ़ तन भारी।

तट बारू[6] उपचार चूर[7], जल पूर, प्रस्वेद पनारी॥

बिगलित कच[8] कुस काँस कूल पर, पंक[9] जु काजल[10] सारी।

भौंर भ्रमत अति फिरति भ्रमित गति, दिसि दिसि दीन दुखारी॥

निसि दिन चकई पिय जु रटति है, भई मनौ अनुहारी।

सूरदास-प्रभु जो जमुना गति, सो गति भई हमारी॥3॥

❖ ❖ ❖

अब हौं[11] कहा करौं री माई।

नंदनंदन देखैं बिनु सजनी, पल भरि रह्यौ न जाई॥

घर के मात पिता सब त्रासत, इहिं कुल लाज लजाई।

बाहर के सब लोग हँसत हैं, कान्ह सनेहिनि[12] आई॥

सदा रहत चित[13] चाक चढ़यौ सो, गृह आँगना न सुहाई।

सूरदास गिरिधरन लाड़िले, हँसि करि कंठ लगाई॥4॥

---

1. यमुना 2. काली 3. ज्वर 4. जली हुई है 5. पहाड़ का पलंग 6. बालू 7. चूर्ण 8. बाल 9. कीचड़
10. काली 11. मैं 12. कृष्ण को स्नेह करने वाली 13. हृदय

मिलि बिछुरन की बेदन[1] न्यारी[2]।

जाहि लगै सोई पै जानै, बिरह-पीर अति भारी॥

जब यह रचना रची बिधाता, तबहीं क्यौं न संभारी।

सूरदास-प्रभु काहैं जिवाई[3], जनमत ही किन[4] मारी॥5॥

❖ ❖ ❖

बिछुरे स्याम बहुत दुख पायौ।

दिन दिन पीर होति अति गाढ़ी[5], पल-पल बरष बिहायौ[6]॥

ब्याकुल भईं सकलि ब्रज-बनिता, नैंकु[7] संदेस न पायौ।

सूरदास प्रभु तुम्हरे मिलन कौं, नैननि अति झर[8] लायौ॥6॥

❖ ❖ ❖

---

1. वेदना 2. अलग 3. जीवित रखा 4. क्यों 5. गहरी, प्रगाढ़ 6. व्यतीत किया 7. थोड़ा-सा 8. झड़ी

मधुबन तुम क्यौं रहत हरे ।

बिरह बियोग स्याम सुंदर के ठाढ़े[1] क्यौं न जरे[2] ॥

मोहन बेनु बजावत तुम तर, साखा[3] टेकि[4] खरे[5] ।

मोहे थावर[6] अरु जड़ जंगम[7], मुनि जन ध्यान टरे ॥

वह चितवनि तू मन न धरत है, फिरि फिरि पुहुप[8] धरे ।

सूरदास प्रभु बिरह-दावानल[9], नख सिख लौं न जरे ॥7॥

❖ ❖ ❖

कहँ लौं मानौं अपनी चूक[10] ।

बिनु गुपाल सखि री यह छतिया, है न गई द्वै[11] टूक[12] ॥

तन मन धन घर बन अरु जोबन, ज्यौ भुवंग कौ फूक[13] ।

हृदय जरत है दावानल ज्यौं, कठिन बिरह की ऊक[14] ॥

जाकी मनि सिर तैं हरि लीन्ही, कहा कहै अहि[15] मूक[16] ।

सूरदास ब्रजवास बसों हम, मनौ सामुहें सूक[17] ॥8॥

❖ ❖ ❖

---

1. खड़े हुए 2. जल गए 3. शाखा 4. सहारा लेकर 5. खड़े हुए 6. स्थावर, स्थिर 7. गतिशील
8. पुण्य 9. विरह की दावाग्नि 10. भूल 11. दो 12. टुकड़े 13. फुफकार 14. जलन 15. साँप
16. गूँगा 17. शुक्र

सखी इन नैननि तैं घन हारे।

बिनहीं रितु बरषत निसि बासर, सदा मलिन[1] दोउ तारे॥

ऊरध[2] स्वास समीर तेज अति, सुख अनेक द्रुम[3] डारे।

बदन-सदन[4] करि बसे बचन-खग[5], दुख पावस के मारे॥

दुरि दुरि बूँद परत कंचुकि पर, मिलि अंजन सौं कारे।

मानौ परनकुटी[6] सिव कीन्ही, बिबि[7] मूरति धरि न्यारे॥

घुमरि घुमरि बरषत जल छाँड़त, डर लागत अँधियारे।

बूड़त[8] ब्रजहिं सूर को राखै, बिनु गिरिवरधर प्यारे॥9॥

❖ ❖ ❖

हमकौं जागत रैनि बिहानी[9]।

कमल नैन, जग जीवन की सखि, गावत अकथ कहानी॥

बिरह अथाह होत निसि हमकौं, बिनु हरि समुद[10] समानी।

क्यौं करि पावहिं बिरहिनि पारहिं बिनु केवट अगवानी॥

उदित सूर चकई मिलाप, निसि लि जु मिलै अरबिंदहिं[11]।

सूर हमैं दिन राति दुसह[12] दुख, कहा कहैं गोबिंदहिं॥10॥

❖ ❖ ❖

---

1. धुँधले 2. उर्द्ध, लंबी 3. वृक्ष 4. मुख रूपी भवन 5. वचन रूपी पक्षी 6. पर्ण कुटि 7. दोनों
8. डूबते हुए 9. व्यतीत हुई 10. समुद्र 11. कमल को 12. कठिनाई से सहन करने योग्य

प्रीति करि काहू सुख न लह्यौ।

प्रीति पतंग[1] करीब पावक सौं, आपै प्रान दह्यौ[2]॥

अलि-सुत[3] प्रीति करी जल-सुत[4] सौं, संपुट[5] माँझ[6] गह्यौ।

सारंग[7] प्रीति करी जु नाद[8] सौं, संमुख बान सह्यौ॥

हम जो प्रीति करी माधव सौं, चलत न कछू कह्यौ।

सूरदास प्रभु बिनु दुख पावत, नैननि नीर बह्यौ॥11॥

सँदेसिनि मधुबन[9] कूप[10] भरे।

अपने तौ पठवत[11] नहिं मोहन, हमरे फिरि न फिरे।

जिते पथित पठए मधुबन कौं, बहुरि न सोध[12] करे॥

कै वै स्याम सिखाइ प्रबोधे[13], कै कहुँ बीच मरे॥

कागद गरे[14] मेघ, मसि[15] खूटी[16], सर[17] दव लागि जरे।

सेवक सूर लिखन कौ आँधौ, पलक कपाट अरे॥12॥

---

1. पतंगा 2. जलाया 3. भ्रमर 4. कमल 5. कमल कोश 6. बीच में 7. हिरण 8. संगीत
9. मथुरा 10. कुएँ 11. भेजते हैं 12. खोज 13. प्रबोधित किया, समझाया 14. गल गए 15. स्याही
16. समाप्त हो गई 17. सरकंडे, कलम

कोउ माई बरजै[1] री इन मोरनि।

टेरत बिरह रह्यौ न परे छिन, सुनि दुख होत करोरनि[2]॥

चमकत चपल चहूँ दिसि दामिनि[3], अंबर घन की घोरनि[4]।

बरषत बूंद बान सम लागत, क्यों जीवैं इन जोरनि॥

चंद किरनि[5] नैननि भरि पीवत, नाहिंन तृप्त चकोरनि।

सूरदास तौ ही प जीवहिं, मिलिहैं नंद किसोरनि॥13॥

❖ ❖ ❖

अब हरि निपटहिं[6] निठुर भए।

फिरि नहिं सुरति[7] करी गोकुल की, जिहिं दिन ते मधुपुरी गए॥

कबहुँ न सुन्यौ सँदेस स्रवन हम, करत फिरत नित नेह नए।

ऐसी बधू चतुर वा पुर की छल बल करि मोहन रिझए॥

हम जानति हैं स्याम हमारे, कहा भयौ जौ अनत[8] रए।

सूरदास हरि कछू न लागैं, छंद बंद[9] कुबिजा सिखए॥14॥

❖ ❖ ❖

हरि कहँ इते[10] दिन लाए।

आवन कहि गए सु तौ, अजहूँ नहिं आए॥

चलत चितै मुसकाइ कै, मृदु बचन सुनाए।

तेई ठग मोदक[11] भए, धीरज-छिट काए॥

जग मोहन जदुनाथ के, गुन जानि न पाए।

मनहुँ सूर इहि लाज तैं नहिं चरन दिखाए॥15॥

❖ ❖ ❖

---

1. रोके 2. करोड़ गुना 3. बिजली 4. घनघोर 5. किरणें 6. बिलकुल ही 7. याद, स्मृति 8. अन्यत्र
9. छल-छद्म 10. इतने 11. ठग का लड्डू

बाल लीला

खेलत श्याम ग्वालिन संग।

सुबल हलधर अरु श्रीदामा, करत नाना रंग।

हाथ तारी देत भाजत[1], सबै करि करि होड़।

बरजै[2] हलधर, स्याम, तुम जनि चोट लागै गोद।

तब कह्यो मैं दौरि[3] जानत, बहुत बल मो[4] गात।

मरी जोरी है श्रीदामा, हाथ मारे जात।

उठे बोलि तबै श्रीदामा, चाहु तारी मरि।

आगैं हरि पाछें श्रीदामा, धरयौ स्याम हँकारि।

जानिकैं मैं रह्यो ठाढ़ौ, छुवत कहा जु मोहिं।

सूर हरि खीझत सखा सौं, मनहि कीन्हौ कोह।।1।।

❖ ❖ ❖

सखा कहत हैं स्याम खिसाने।

आपुहिं आपु बलकि भए ठाढ़े अब तुम कहा रिसाने[5]।

बीचहि बोलि उठे हलधर तब याके माइ न बाप।

हारि-जीत कछु नैंकु[6] न समझत, लरिकनि[7] लावत पाप।

आपुन हारि सखनि सौं झगरत यह कहि दियौ पठाइ[8]।

सूर स्याम उठि चले रोइ कै, जननी पूछति धाइ।।2।।

❖ ❖ ❖

---

1. भागते हैं, दौड़ते हैं 2. रोकते हैं 3. दौड़ना 4. मेरे 5. क्रोधित हुए 6. थोड़ा-सा 7. लड़कों पर
8. भेज दिया

मैया मोहिं दाऊ[1] बहुत खिझायौ।

मोसौं[2] कहत मोल कौ लीन्हौ, तू जसुमति कब जायौ ?

कहा करौं इहि रिस[3] के मारे खेलन हौं नहिं जात।

पुनि-पुनि कहत कौन है माता, को है तेरौ तात[4]।

गोरे नंद, जसोदा गोरी, तू कम स्यामल गात।

चुटकी दै-दै ग्वाल नचावत, हँसत सबै मुसुकात।

तू मोही कौं मारन सीखी, दाउहिं कबहुँ न खीझै।

मोहन-मुख रिस की ये बात, जसुमति सुनि-सुनि रीझे[5]।

सुनहु कान्ह, बलभद्र चबाई, जनमत ही कौ धूत[6]।

सूर स्याम मोहिं गोधन की सौं[7], हौं माता तू पूत।।3।।

❖ ❖ ❖

खेलन अब मेरी जाइ बलैया[8]।

जबहिं मोहिं लरिकनि संग तबहिं खिझत[9] बल भैया।

मोसों कहत तात बसुदेव कौ, देवकि तेरी मैया।

मोल लियौ कुछ दै करि तिनकौ, करि-करि जतन बढ़ैया।

अब बाबा कहि कहत नंद सौं, जसुमति सौं कहै मैया।

ऐसैं कहि सब मोहिं खिझावत, तब उठि चल्यौ खिसैया[10]।

पाछैं नंद सुनत हे ठाढ़े, हँसत हँसत उर लैया।

सूर नंद बलरामहिं धिरयौ[11], तब मन हरष कन्हैया।।4।।

❖ ❖ ❖

---

1. बड़ा भाई (बलराम) 2. मुझसे 3. क्रोध 4. पिता 5. प्रसन्न होती है 6. धूर्त 7. सौगंध 8. बला से 9. चिढ़ते हैं 10. खीझकर 11. धमकी देते हैं

खेलन दूरि जात कत[1] कान्हा ?

आजु सुन्यौ मैं हाऊ[2] आयौ, तुम नहिं जानत नान्हा।

इक लरिका अबहीं भजि[3] आयौ, रोवत देख्यौ ताहि।

कान तोरि[4] वह लेत सबनि के, लरिका जानत जाहि।

चलौ न, बेगि[5] सवारैं जैयै, भाजि आपनैं धाम।

सूर स्याम यह बात सुनत ही बोलि लिए बलराम।।5।।

जेंवत[6] कान्ह नंद इकठौरै[7]।

कछुक खात लपटात दोउ कर बालकेलि अति भोरे।

बरा[8] कौ मेलत मुख भीतर, मिरिच दसन टकटौरै[9]।

तीछन[10] लगी नैन भरि आए, रोवत बाहर दौरे।

फूँ कति बदन रोहिनी ठाढ़ी, लिए लगाइ अँकोरे।

सूर–स्याम कौं मधुर कौर दै कीन्हे तात[11] निहोरे।।6।।

---

1. क्यों 2. भूत (बच्चों को डराने के लिए प्रयुक्त शब्द) 3. भागकर 4. तोड़ लेता है 5. जल्दी
6. जीमते हैं, भोजन करते हैं 7. एक स्थान पर 8. बड़ा 9. तोड़ते हैं 10. तीखी 11. पिता

साँझ भई घर आवहु प्यारे।

दौरत[1] कहा चोट लगिहै कहुँ पुनि खेलिहौ सकारे।

आपुहिं जाइ बाहँ गहि ल्याई, खेल रही लपटाइ।

धूरि झारि तातौ[2] जल ल्याई, तेल परसि[3] अन्हवाइ[4]।।7।।

❖   ❖   ❖

कमल-नैन हरि करौ बियारी[5]।

लुचुई[6] लपसी[7], सद्य जलेबी, सोइ जँवई जो लगै पियारी।

घेवर, मालपुआ, मोतिलाडू, सधर खजूरी सरस सँवारी।

दूध बरा, उत्तम दधि बाटी, दाल-मसूरी की रुचि न्यारी।

आछौ दूध औटि धौरी कौ, लै आई रोहिनी महतारी।

सूरदास बलराम स्याम दोउ जेंवहु[8] जननि जाइ बलिहारी।।8।।

❖   ❖   ❖

---

1. दौड़ते 2. गरम 3. लगाकर 4. नहलाया 5. ब्यालू (रात्रि भोजन) 6. पूड़ी 7. दलिये से बना एक प्रकार का मीठा व्यंजन 8. जीमो खाओ

हरि कों टेरति[1] है नंदरानी।

बहुत अबार[2] भई कहँ खेलत, रहे मेरे सारंगपानी?

सुनतहिं टेर, दौरि तहँ आए, कब के निकसे लाल।

जेंवत[3] नहीं नंद तुम्हरे बिनु, बेगि चलौ, गोपाल।

स्यामहिं ल्याई महरि जसोदा, तुरतहिं पाइँ पखारे[4]।

सूरदास प्रभु संग नंद कैं बैठे हैं दोउ बारे[5]।।9।।

❖ ❖ ❖

बोलि[6] लेहु हलधर भैया कौं।

मेरे आगैं खेल करौ कछु, सुख दीजै मैया कौं।

मैं मूँदौ[7] हरि आँखि तुम्हारी, बालक रहैं लुकाई[8]।

हरषि स्याम सब सखा बुलाए, खेलन आँखि मुँदाई।

हलधर कह्यौ आँखि कौं[9] मूँदै, हरि कह्यौ मातु जसोदा।

सूर स्याम लए जननि खिलावति, हरष सहित मन मोदा।।10।।

❖ ❖ ❖

---

1. बुलाती है 2. देर 3. जीमते, खाते 4. धोये 5. बालक 6. बुलाओ 7. बंद करूँ 8. छिप गए
9. कौन

खेलन जाहु बाल सब टेरत।

यह सुनि कान्ह भए अति आतुर, द्वारै तन फिरि हेरत।

बार-बार हरि मातहिं बूझत[1], कहि चौगान कहाँ है।

दधि-मथनी के पाछैं देखौ, लै मैं धरयौ तहाँ है।

लै चौगान-बटा अपनैं कर, प्रभु आए घर बाहर।

सूर स्याम पूछत सब ग्वालनि, खेलौंगे किहिं ठाहर[2]।।11।।

❖ ❖ ❖

खेलत मैं को काकौं गुसैयाँ[3]।

हरि हारे जीते श्रीदामा, बरबस[4] हीं कत करत रिसैयाँ[5]।

जाति-पाँति हमतें बड़[6] नाहीं, नाहीं बसत तुम्हारी छैया।

अति अधिकार जतावत[7] यातैं[8] जातैं अधिक तुम्हारैं गैयाँ!

रुहठि करै तासौं[9] को खेलै, रहे बैठि जहँ-तहँ[10] सब ग्वैयाँ।

सूरदास प्रभु खेल्यौइ चाहत, दाउँ[11] दियौ करि नंद-दुहैयाँ।।12।।

❖ ❖ ❖

---

1. पूछती है 2. जगह 3. स्वामी 4. जबरन 5. क्रोध 6. बड़े 7. प्रकट करते हो 8. इसलिए
9. उससे 10. यहाँ-वहाँ 11. दाँव

मैया री, मोहिं माखन भावै।

जो मेवा पकवान कहति तू, मोहि नहीं रुचि आवै।

ब्रज-जुवती इक पाछैं ठाढ़ी, सुनत स्याम की बात।

मन-मन कति कबहुँ अपनै घर, देखौं माखन खात।

बैठ जाइ मथनियाँ कैं ढिग[1], मैं तब रहौं छपानी[2]।

सूरदास प्रभु अंतरजामी, ग्वालिनि मन की जानी।।13।।

❖ ❖ ❖

सखा सहित गए माखन चोरी।

देख्यौ स्याम गवाच्छ[3]-पंथ है, मथति एक दधि भोरी।

हेरि मथानी धरी माट[4] तैं, माखन हो उतरात।

आपुन गई कमोरी[5] माँगन हरि पाई ह्याँ घात।

पैठे सखनि सहित घर सूनैं, दधि माखन सब खाए।

छूछी[6] छाँड़ि मटुकिया दधि की, हँसि सब बाहिर आए।

आइ कई कर लिए कमोरी, घर तैं निकसे ग्वाल।

माखन कर, दधि मुख लपटानौ, देखि रही नंदलाल।

कहँ आए ब्रज-बालक संग लै, माखन मुख लपटान्यौ।

खेलत तैं उठि भज्यौ सखा यह, इहि घर आइ छपान्यौ[7]।

भुज गहि लियौ कान्ह एक बालक, निकसे ब्रज की खोरि।

सूरदास ठगि रही ग्वालिनी, मन हरि लियौ अँजोरि।।14।।

❖ ❖ ❖

---

1. पास 2. छिपा गई 3. गवाक्ष, झरोखा 4. मटकी 5. मिट्टी के बर्तन 6. थाली 7. छिपा

माई हौं तकि लागि रही।

जब घर तैं माखन लै निकस्यौ, तब मैं बाहँ गही।

तब हँसि कै मेरौ मुख चितयौ[1], मीठी बात कही।

रही ठगी, चेटक[2] सौ लाग्यौ, परि गई प्रीति सही।

बैठौ कान्ह, जाउँ बलिहारी, ल्याऊँ और दही।

सूर स्याम पै ग्वालि सयानी सरबस दै निबही।।15।।

❖ ❖ ❖

चोरी करत कान्ह धरि पाए[3]।

निसि-बासर मोहिं बहुत सतायौ अब हरि हाथहिं आए।

माखन-दधि मेरौ सब खायौ, बहुत अचगरी[4] कीन्ही।

अब तौ घात[5] परे हौ लालन, तुम्हैं भलै मैं चीन्ही[6]।

दोउ[7] भुज पकरि, कह्यौ कहँ जैहो, माखन लेउँ मँगाइ।

तेरो सौं[8] मैं नैकु न खायौ, सखा गए सब खाइ।

मुख तन चितै, बिहँसि हरि दीन्हौ, रिस[9] तब गई बुझाइ।

लियौ स्याम उर[10] लाइ ग्वालिनी, सूरदास बलि जाइ।।16।।

❖ ❖ ❖

---

1. देखा 2. जादू 3. पकड़े गए 4. चोरी 5. बंधन 6. पहचान लिया 7. दोनों 8. सौगंध 9. क्रोध
10. हृदय

रही ग्वालि हरि कौ मुख चाहि।

कैसे चरित किए हरि अबहीं[1] बार-बार सुमिरति करताहि।

बाँह पकरि[2] घर तैं लै आई, कहा चरित कीन्हे हैं स्याम।

जात न बनै कहत नहि आवै, कहति महरि तू ऐसी बाम[3]।

जानी बात तिहारी सबकी, जसमति कहति इहाँ[4] तें जाहि।

सूरदास प्रभु के गुन ऐसे, बुधि बल करि को जीतैं ताहि।।17।।

❖ ❖ ❖

गए स्याम ग्वालिनी घर सूनैं।

माखन खाइ, डारि सब गोरस, बासन[5] फोरि[6] किए सब चूनै।

बड़ौ माट इक बहुत दिननि कौ, ताहिं करयौं दस टूक[7]।

सोवत लरिकनि छिरकि मही[8] सौं, हँसत वले दै कूक[9]।

आई गई ग्वालिनी तिहिं औसर; निकसत हरि धरि पाए।

देखे घर बासन सब फूटे, दूध दही ढरकाए।

दोउ भुज धरि गाढ़ै करि लीन्हे, गई महरि[10] के आगैं।

सूरदास अब बसै कौन ह्वाँ, पति[11] रहिहै ब्रज त्यागें।।18।।

❖ ❖ ❖

---

1. अभी से 2. पकड़कर 3. स्त्री 4. यहाँ 5. बर्तन 6. फोड़कर 7. दस टुकड़े 8. मट्ठा 9. किलकारी
10. यशोदा 11. सम्मान

मेरौ माई कौन कौ दधि चोरै।

मेरे बहुत दई[1] कौ दीन्ही लोग पियत हैं औरैं[2]।

कहा भयौ तेरे भवन गए जो पियौ जनक लै भोरे[3]।

ता ऊपर काहैं गरजति है, मनु आई चढ़ि घोरै[4]।

माखन खाइ, महौ[5] सब डारै, बहुरौ[6] भाजन फोरै।

सूरदास यह रसिक ग्वालिनी, नेत नवल सँग जौरै[7]।।19।।

❖ ❖ ❖

तेरौं लाल मेरौ माखन खायौ।

दुपहर दिवस जानि घर सूनौ, ढूँढ़ि-ढँढ़ोरि[8] आपही आयौ।

खोलि किवारि, पैठि[9] मंदिर मैं, दूध-दही सब सखनि खवायौ।

ऊखल चढ़ि, सींके[10] कौ लीन्हौ, अनभावत[11] भुइँ[12] मैं ढरकायौ।

दिन प्रति हानि होति गोरस की, यह ढोटा कौनैं ढँग लायौ।

सूर स्याम कौं हटकि[13] न राखै तैं ही पूत अनौखौ जायौ।।20।।

❖ ❖ ❖

---

1. विधाता 2. अन्य, दूसरे 3. भोला, अबोध 4. घोड़े पर 5. मट्ठा 6. बहुत से 7. जोड़ लिया है
8. ढूँढ़-ढाँढ़कर 9. घुसकर 10. छींके 11. नहीं भाने वाला, अच्छा नहीं लगने वाला 12. ज़मीन
13. रोककर

मैया मैं नहिं माखन खायौ।

ख्याल परैं ये सखा सबै मिलि, मेरे मुख लपटायौ[1]।
देखि तुहि सींके[2] पर भाजन[3], ऊँचे धरि लटकायौ।
हौं जु कहत नान्हे[4] कर अपनैं मैं कैसैं करि पायौ।
मुख दधि पोंछि, बुद्धि इक कीन्हीं, दोना पीठि[5] दुरायौ[6]।
डारि साँटि[7], मुसुकाइ जसोदा, स्यामहिं कंठ लगायौ।
बाल-विनोद-मोद मन मोह्यौ, भक्ति-प्रताप दिखायौ।
सूरदास जसुमति कौ यह सुख, सिव बिरंचि[8] नहिं पायौ।।21।।

ह्वाँ लगि[9] नैंकु चलो नंदरानी।
मेरे सिर की नई बहनियाँ[10], लै गोरस मैं सानी।
हमै-तुम्है रिस बैर कहाँ कौ, आनि दिखावत ज्यानी।
देखौ आइ पूत कौ करतब, दूध मिलावत पानी।
या ब्रज कौ बसिबौ हम छाँड़्यौ, सो अपने जिय जानी।
सूरदास ऊसर[11] की बरषा थोरे जल उतरानी[12]।।22।।

---

1. लिपटा दिया है 2. छींके पर 3. बर्तन, कमोरी 4. छोटे 5. पीठ 6. छिपाया 7. मारने की लकड़ी
8. ब्रह्मा 9. वहाँ तक 10. गगरी, मटकी 11. बंजर 12. सीमा से बाहर जाकर इतराना

सुनहु बात मेरी बलराम।

करन देहु इनकी मोहि पूजा, चोरी प्रगटत नाम।

तुमहीं कहौ, कमी काहे की, नव-निधि[1] मेरे धाम।

मैं बरजति[2], सुत जाहु कहूँ जनि, कहि हारी दिन-जाम[3]।

तुमहुँ मोहिं अपराध लगायौ माखन प्यारौ स्याम।

सुनि मैया तोहि छाड़ि कहौं किहि को राखै तैंरें ताम।

तेरी सों उरहन[4] लै आवति झूठहिं ब्रज की बाम।

सूर स्याम अतिहीं अकुलाने कब के बाँधे दाम[5]।।23।।

❖ ❖ ❖

कहा करौं हरि बहुत खिझाई[6]।

सहि न सकी, रिस[7] ही रिस भरि गई, बहुतै ढीठ कन्हाई।

मेरौ कह्यौ नैंकु[8] नहि मानत, करत आपनी टेक[9]।

भोर होत उरहन[10] लै आवतिं, ब्रज की बधू अनेक।

फिरत जहाँ तहँ दुंद[11] मचावत घर न रहत छन एक।

सूर स्याम त्रिभुवन कौ कर्त्ता, जसुमति गही निज टेक।।24।।

❖ ❖ ❖

---

1. नौ निधियाँ 2. रोकती हूँ 3. दिन-रात 4. उलाहना 5. रस्सी 6. परेशान करते हैं 7. क्रोधित
8. थोड़ा-सा 9. जिद 10. उलाहने 11. द्वंद्व, झगड़ा

मैया हौं गाइ चरावन जैहौं।

तू कहि महर नंद बाबा सौं, बड़ो भयो न डरैहौं।

रैता, पैता मना, मनसुखा, हलधर संगहि रैहौं।

बंसीबट तर[1] ग्वालनि कें संग, खेलत अति सुख पैहौं[2]।

ओदन[3] भोजन दै दधिर काँवरि[4], भूख लगे तें खैहौं।

सूरदास है साखी[5] जमुन-जल सौंह देहु जु नहैहौं।।25।।

❖ ❖ ❖

चले सब गइ चरावन ग्वाल।

हेरी[6] टेर सुनत लरिकनि के, दौरि[7] गए नंदलाल।

फिरि इत-उत[8] जसुमति जो देखै, दृष्टि न परै कन्हाई।

जान्यौ जात ग्वाल सँग दौरयौ, टेरति जसुमति धाई[9]।

जात चल्यौ गैयनि के पाछैं, बलदाऊ कहि टेरत।

बल देख्यौ मोहन कौं आवत, सखा किए सब ठाढ़े[10]।

पहुँची आइ जसोदा रिस भरि, दोउ भुज पकरे गाढ़े[11]।

हलधर कह्यौ, जान दे मो संग, आवहिं आज सबारे[12]।

सूरदास बल सौं कहै जसुमति, देखे रहियौ प्यारे।।26।।

❖ ❖ ❖

---

1. नीचे 2. पाऊँगा 3. भात 4. काँवर 5. साक्षी 6. आवाज़ देना (हुर) 7. दौड़कर 8. इधर-उधर
9. दौड़ी 10. खड़े हो गए 11. मज़बूती से 12. जल्दी

मैया री मोहि दाऊ[1] टेरत।

मोकौं बन फल तोरि देत हैं, आपुन गैयनि घेरत।

और ग्वाल संग कबहुँ न जैहौं, वे सब मोहिं खिझावत[2]।

मैं अपने दाऊ संग जैहौं, बन देखैं सुख पावत।

आगैं दै पुनि ल्यावत घर कौं, तू मोहि जान न देति।

सूर स्याम जसुमति मैया सौं हा-हा करि कहै केति।।27।।

❖ ❖ ❖

मैया बहुत बुरो बलदाऊ[3]।

कहन लग्यौ बन बड़ो तमासौ, सब मोड़ा[4] मिलि आऊ।

मोहूँ कौं चुचकारि[5] गयौ लै, जहाँ सघन बन झाऊ[6]।

भागि चलौ, कहि, गयौ उहाँ तैं, काटि खाइ रे हाऊ[7]।

हौं डरपौं[8], काँपौं अरु रोवौं[9], कोउ नहिं धीर धराऊ।

थरसि गयौं नहिं भागि सकौं, वै भागे जात अगाऊ[10]।

मोसौं कहत मोल कौं लीनो, आपु कहावत साऊ[11]।

सूरदास बल बड़ौ चबाई[12], तैसेहिं मिले सखाऊ।।28।।

❖ ❖ ❖

---

1. बड़े भैया (बलराम) 2. चिढ़ाते हैं 3. बलराम 4. लड़के 5. फुसलाकर 6. एक छोटा झाड़
7. बच्चों को डराने के लिए प्रयुक्त 8. डर गया 9. रोया 10. आगे-आगे 11. सगा 12. चुगली
करने वाला

मैया हौं न चरैहौं गाइ।

सिगरे[1] ग्वाल घिरावत[2] मेसौं, मेरे पाइ[3] पिराइँ[4]।

जौं न पत्याहि[5] पूछि बलदाउहिं, अपनी सौंह दिवाइ।

यह सुनी माइ जसोदा ग्वालनि, गारी[6] देति रिसाइ।

मैं पठवति अपने लरिका कौं, आवै मन बहराइ[7]।

सूर स्याम मेरौ अति बालक, मारत ताहिं रिंगाइ।।29।।

फेंट छाँड़ि मेरी देहु श्रीदामा।

काहे कौं तुम रारि[8] बढ़ावत, तनक[9] गात कैं कामा।

मेरी गेंद लेहु ता बदलें बाहँ गहत हौ धाइ।

छोटौ बड़ौ न जानत काहूँ, करत बराबरि आइ

हम काहे कौं तुमहिं बराबर, बड़े नंद के पूत।

सूर स्याम दीन्हें ही बनिहै[10], बहुत कहावत धूत[11]।।30।।

---

1. सभी 2. घेरने के लिए कहते हैं 3. पाँव 4. दुखते हैं 5. विश्वास 6. गाली 7. बहलाना 8. झगड़ा
9. छोटी-सी 10. बनेगा 11. धूर्त, चतुर

दान लीला

ऐसैं जनि बोलहु नंद-लाला॥

छाँड़ि देहु अँचरा[1] मेरौ नीकैं, जानत और सी वाला॥

बार-बार मैं तुमहिं कहति हौं, परिहौ बहुरि जँजाला।

जोबन, रूप देखि ललचाने, अबहीं तैं ये ख्याला॥

तरुनाई तनु[2] आवन दीजै, कत जिय होत बिहाला[3]।

सूर स्याम उर तें कर टारहु[4], टूटै मोतिनि-माला॥1॥

❖ ❖ ❖

कान्ह अब लँगराई[5] हौं जानी।

माँगत दान दही कौं अबलौं, अब कछु औरै ठानी॥

औरनि सौं तुम कहा लियौ है, हमहिं दिखावहु आनी[6]।

माँगत है दधि सो हम दीन्हौ, कहा कहत यह बानी॥

छाँड़ि देहु अँचरा[7] फटि जैहै, तुमकौं हम पहिचानी।

सूर स्याम तुम रति-पति-नागर, नागरि अतिहिं सयानी॥2॥

❖ ❖ ❖

---

1. आँचल 2. थोड़ी-सी 3. कष्ट से व्याकुल 4. टालना, हटाना 5. शरारत 6. आकर 7. आँचल

दधि-मटुकी हरि छीनि लई।

हार छोरि[1] चोली-बँद तौरयो, जोबन कैं बल दीठि भई॥

ज्यौंही ज्यौं हम सूधैं बोलत, त्यौंहीं त्यौं अति सतरि[2] गई।

वाद[3] करति अबहीं रोवहुगी, बार-बार कहि दई-दई॥

अंस[4] परायौ देहु न नीकैं माँगत हीं सब करति खई[5]।

सूर सुनहु मैं कहत अजहूँ लौं, प्रीति करहु, जु भई सुभई॥3॥

❖ ❖ ❖

कन्हैया हार हमारौ देहु।

दधि, लवनि[6], घृत जो कछु चाहौ, सो तुम ऐसेंहि लेहु॥

कहा करौं दधि-दूध तिहारौ, मोसौं नाहिंन काम।

जोबन-रूप दुराई[7] धरयौ[8] है, ताकौं लेति न नाम॥

नीके[9] मन है माँगत तुम सौं, बैर नहीं तुम नाखति[10]।

सूर सुनहु री ग्वारि अयानी[11], अंतर[12] हमसौं राखति॥4॥

❖ ❖ ❖

---

1. ले लिया 2. टेढ़ी 3. बहस 4. भाग 5. झगड़ रही हो 6. मक्खन 7. छिपाकर 8. रखा है
9. अच्छे 10. मना कर रही हो, नकार रही हो 11. अज्ञानी 12. दूरी, भेद

कान्ह कहत, दधि-दान न दैहौ ?।
लैहौं[1] छीनि दूध दधि माखन, देखति ही तुम रैहौं[2]॥
सब दिन कौ भरि लेउँ आजु हीं, तब छाड़ौं मैं तुमकौ।
उघटति हौं तुम मातु-पिता लौं, नहिं जानति हौं यमकौ॥
हम जानति हैं तुमकौं मोहन, लै-लै गोद खिलाए।
सूर स्याम अब भए, जगाती, वै दिन-दिन सब बिसराए[3]॥5॥

❖ ❖ ❖

दान दिये बिनु जान न पैहौ।
जब दैहौं ढराइ[4] सब गोरस, तबहिं दान तुम दैहौ।
तुम सौं बहुत लेन[5] है मोकौं, पहिलैं ताहि सुनाऊँ।
चोरी आवति बेंचि जाति हौं, पुनि गोरस कहँ पाऊँ॥
माँगति छाप कहा दिखराऊँ, को नहिं हमकौं जानत।
सूर स्याम तब कह्यौ ग्वालिन सौं, तुम मोकौं नहिं मानत॥6॥

❖ ❖ ❖

---

1. लूँगा 2. रह जाओगी 3. भूल गए हो 4. गिराना 5. लेना

जानी बात तुम्हारी सब की।

लरिकाई[1] के ख्याल तजौ[2] अब, गई बात वह तब की॥

मारग रोकत रहे जमुन कौ, तिहिं धोखैं हौ आए।

पावहुगे[3] पुनि कियौ आपनौ, जुवतिनि हाथ लगाए॥

जौ सुनिहैं यह बात मात-पितु तौ हमसौं कह कैहैं।

सूर स्याम मोतिनि लर तोरी, कौन ज्वाब[4] हम दैहैं॥7॥

❖ ❖ ❖

ब्रज जुवती सुनि मगन भई।

यह बानी सुनि नंद-सुवन-मुख, मन व्याकुल, तन सुधिहु गई॥

को हम, कहाँ रहति, कहँ आईं, जुवतिनि कैं यह सोच परयौ।

लागी काम-नृपति की साँटी[5], जोबन-रूपहि आनि अरयौ॥

त्रसित भई तरुनी अनंग-डर[6] सकुचि रूप-जोबनहि दियौ।

सूर स्याम अब सरन तुम्हारी, हृदय सबनि यह ध्यान कियौ॥8॥

❖ ❖ ❖

---

1. लड़कपन 2. छोड़ो 3. पाओगे 4. जवाब 5. चाबुक 6. कामदेव का भय

राधा सौं माखन हरि माँगत।

औरनि[1] की मटुकी कौ खायौ, तुम्हरौ कैसौ लागत॥

लै आई वृषभानु-सुता हँसि, सद[2] लवनि[3] है मेरौ।

लै दीन्हौं अपने कर हरि-मुख, खात अल्प हँसि हेरौ॥

सबहिनि तैं मीठ दधि है यह, मधुरैं कह्यौ सुनाइ।

सूरदास-प्रभु सुख उपजायौ, ब्रज ललना मनभाई॥9॥

❖ ❖ ❖

सुनहु सखी मोहन कह कीन्हौ।

इक इक सौं यह बात कहति, लियौ दान की मन हरि लीन्हौ॥

यह तौ नाहिं बदी[4] हम उनसों, बूझहु धौं यह बात।

चक्रित भई[5] बिचार करत यह, बिसरि गई सुधि गात॥

उमचि जातिं[6] तबहीं सब सकुचति, बहुरि मगन है जाति।

सूर स्याम सौं कहौ कहा यह, कहत न बनत लजाति॥10॥

❖ ❖ ❖

---

1. दूसरों का 2. सद्य, ताज़ा 3. मक्खन 4. प्रतिद्वंद्विता 5. चकरा गई 6. उत्साहित होती हैं

मुरली

मुरली मोहे[1] कुँवर कन्हाई ।

अँचवति[2] अधर-सुधा बस कीन्हे, अब हम कहा करैं री माई ॥

सरबस[3] लै हरि धरयौ सबनि कौ, औसत देति न होति अघाई[4] ।

गाजति[5], बाजति, चढ़ी दुहुँ[6] कर, अपनैं शब्द न सुनत पराई ॥

जिहिं तन अनल दह्यौ अपनौ कुल, तासौं कैसैं होत भलाई ।

अब सुनि सूर कौन बिधि कीजै, बन की ब्याधि[7] माँझ घर आई ॥1॥

❖ ❖ ❖

मुरली तऊ गुपालहिं भावति[8] ।

सुनि री सखी जदपि, नंदलालहिं नाना भाँति नचावति ॥

राखति एक पाइ[9] ठाढ़ौ[10] करि, अति अधिकार जनावति ।

कोमल तन आज्ञा करवावति, कटि टेढ़ी है आवति ॥

अति अधीन सुजान कनौड़े[11], गिरिधर नार नवावति ।

आपुन पौढ़ि[12] अधर सज्जा पर, कर-पल्लव पलटावति[13] ॥

भृकुटी कुटिल, नैन नासा-पुट, हम पर कोप करावति ।

सूर प्रसन्न जानि एकौ छिन, धर[14] तैं सीस डुलावति ॥2॥

❖ ❖ ❖

---

1. मोहित कर लिया है 2. आचमन करती है 3. सर्वस्व 4. तृप्त 5. गर्जना करती हुई 6. दोनों
7. रोग 8. अच्छी लगती है 9. पाँव 10. खड़ा 11. क्रीत दास 12. शयन करती है 13. दमकाती
है 14. धड़

सखी री, मुरली लीजै चोरि।

जिनि[1] गुपाल कीन्हे अपने बस, प्रीति सवनि की तोरि[2] ॥

छिन इक घर-भीतर, निसि-बासर, धरत न कबहूँ छोरि।

कबहूँ कर, कबहूँ अधरनि, कटि कबहूँ खोंसत[3] जोरि।

ना जानौं कछु मेलि मोहिनी[4], राखे अंग-अंग मोरि[5]।

सूरदास प्रभु कौ मन सजनी, बँध्यौ राग की डोरि॥3॥

❖ ❖ ❖

मुरली मधुर बजाई स्याम।

मन हरि लियौ भवन नहिं भावै, व्याकुल ब्रज की बाम[6] ॥

भोजन, भूषन की सुधि नाहीं, तनु की नहीं संहार।

गृह गुरु -लाज सूत[7] सों तोरयौ, डरीं नहीं ब्यवहार ॥

करत सिंगार बिबस भई सुंदरि, अंगनि गई भुलाइ।

सूर-स्याम बन बेनु बजावत, चित हित-रास रमाइ॥4॥

❖ ❖ ❖

---

1. जिसने 2. तोड़कर 3. खोंसते हैं 4. जादू 5. मोड़कर 6. स्त्री 7. कच्चा धागा

चली बन बेनु सुनत जब धाइ[1]।
मातु-पिता-बांधव अति त्रासत[2], जाति कहाँ अकुलाइ॥
सकुच नहीं, संका कछु नाहीं, रैनि कहाँ तुम जाति।
जननी कहति दई की घाली, काहे कौं इतराति॥
मानति नहीं और रिस पावति, निकसी नातौ[3] तोरि।
जैसैं जल-प्रवाह भादौं कौ, सो को सकै बहोरि[4]॥
ज्यौं केंचुरी भुअंगम[5] त्यागत, मात-पिता यौं त्यागे।
सूर स्याम कैं हाथ बिकानी, अलि अंबुज[6] अनुरागे॥5॥

❖ ❖ ❖

जनि बोलै पपिहा, हौं डाढ़ी[7]।
पैले पार[8] कान्ह बँसुरी बजावै, उले पार[9] बिरहिनि ठाढ़ी॥
कहा करौं, कैसैं आवौं सखि, नैन-नीर-जमुना बाढ़ी।
सूरदास-प्रभु तुम्हरे दरस कौं, मैन-प्रीति[10] अतिहीं गाढ़ी॥6॥

❖ ❖ ❖

---

1. दौड़ी 2. भयभीत करते हैं 3. संबंध 4. रोक सके 5. साँप 6. कमल 7. जल रही हैं 8. उस पार
9. इस पार 10. कामदेव की प्रीति

स्याम मुख मुरली अनुपम राजत।

सुभंग स्रीखंड पीड़[1] सिर सोहत, स्रवननि कुंडल भ्राजत[2]॥

नील जलद पर सुभग चाप-सुर[3] मंद-मंद रव[4] बाजत।

पीतांबर कटि तड़ित[5] भाव जनु नारि, बिकस मन लाजत॥

ठाढ़े तरु   तमाल तर सुंदर, नंद-नंदन बनमाली।

सूर नरखि ब्रजनारि चकित भई लगी मदन की भाली[6]॥7॥

❖ ❖ ❖

मोहन मुरली अधर धरी।

कंचन-मनि-मय रचित[7], खचित अति, कर गिरिधरन परी॥

उघटत तान बँधान सप्त स्वर, सुनि रस उमंगि भरी।

आकर्षति तन मन जुवतिनि के, गति बिपरीत[8] करी॥

पिय-मुख-सुधा-विलास बिलासिनि, गीत-समुद्र तरी।

सूरदास त्रैलौक्य-बिजय कर रति पति-गर्व[9] हरी॥8॥

❖ ❖ ❖

---

1. मोरपंख का मुकुट 2. सुन्दर लग रहे हैं 3. इंद्र धनुष 4. आवाज़, गर्जना 5. बिजली 6. भाला
7. सोने और मणियों से निर्मित 8. प्रतिकूल 9. रति के पति कामदेव के गर्व को

मुरली स्याम अधर नहिं टारत[1]।

बारंबार बजावत, गावत, उर तैं नहीं बिसारत[2]॥

यह तौ अति प्यारी है हरि की, कहतिं परस्पर नारी।

याकैं बस्य[3] रहत हैं ऐसे गिरि-गोबर्धन-धारी॥

लटकि रहत मुरली पर डाढ़े, राखत ग्रीव[4] नवाइ[5]।

सूर स्याम बस ताकैं डोलत, पलक नहीं बिसराइ॥9॥

❖ ❖ ❖

मुरली कैं बस स्याम भए री।

अधरनि तैं नहिं करत निनारी[6], वाकैं रंग रए[7] री॥

रहत सदा तन-सुधि बिसराए, कहा करन धौं चाहति।

देखी, सुनी न भई आजु लौं, बाँस बँसुरिया दाहति[8]॥

स्यामहिं निदरि निदरि[9] हमहूँ कौं, अबहीं तैं यह रूप।

सुनहु सूर हरि कौ मुँह पाएँ, बोलति बचन अनूप॥10॥

❖ ❖ ❖

---

1. हटाते 2. भुलाते हैं 3. वशीभूत 4. गर्दन 5. झुकाकर 6. नियारी, अलग 7. रच गए 8. जलाती है
9. निरादर

मुरली बचन कहति जनु टोना[1]।

जल-थल-जीव बस्य[2] करि लीन्हे, रिझए स्याम सलोना॥

नैकु अधर तैं करत न न्यारी, प्यारी तियनि[3] लजौना।

ऐसी ढीठ बदति नहि काहूँ, रहति बरनि बन जौना॥

ताकी प्रभुता जाति कही नहिं, ऐसी भई न होना।

सूर स्याम मुद-नाद प्रकासित, थकित होत सुनि पौना॥11॥

❖ ❖ ❖

मुरली तैं हरि हमहिं बिसारी।

बन की ब्याधि कहा यह आई, देत सबै मिलि गारी॥

घर-घर तैं सब निठुर कराई महा अपत[4] यह नारी।

कहा भयौ जो हरि-मुख लागी, अपनी प्रकृति न टारी॥

सकुचति हौ याकौं तुम काहैं, कहो न बात उघारी।

नोखी[5] सोति भई यह हमकौं, और नहीं कहुँ कारी॥

इनहूँ तैं अरु निठुर कहावति, जो आई कुल-जारी[6]।

सूरदास ऐसी को त्रिभुवन, जैसी यह अनखानी[7]॥12॥

❖ ❖ ❖

---

1. जादू 2. वश में 3. स्त्रियों को 4. विपदा, संकट 5. अनोखी 6. कुल को जलाने वाली
7. दुश्मनी मानने वाली

यह मुरली सखि ऐसी है।

रीझे स्याम बात सुनि मीठी, नहिं जानत यह नैसीं[1] है।

देखौ याके भेद सखी री, कैसें मन दै पैसी[2] है।

हम पर रहति भौंह सतराए[3], चतुर चतुरई जैसी है॥

वै गुन रहति चुराए हरि सौं, देखौं ऐसी गैसीं[4] है।

सुनहु सूर बैरनि भई हमकां, प्रगट सौति ह्वै बैसी है।।13।।

❖ ❖ ❖

मुरली हरि कौं नाच नचावति।

एते[5] पर यह बाँस-बँसुरिया, नंद-नंदन कौं भावति॥

ठाढ़े रहत बस्य ऐसे ह्वै, समुचत बोलत बात।

वह निदरे[6] आज्ञा करवावति, नैकुँ हुँ नाहिं लजात॥

जब जानति आधीन भए हैं, देखति ग्रीव[7] नवावत[8]।

पौढ़ति[9] अधर, चलित कर-पल्लव रंध्र-चरन पलुटावत[10]॥

हम पर रिस करि-करि अवलोकत, नास-पुट फरकावत।

सूर-स्याम जब-जब रीझत हैं, तब-तब सीस डुलावत।।14।।

❖ ❖ ❖

सखी री मुरली भई पटरानी।

अधर सदा सुख करति स्याम कैं, सुधा पियति इतरानी।

मोहे पसु पंछी द्रुम[11] बेली[12], जमुना उलटि बहानी[13]।

सुर-नर-मुनि बस भए नाद कैं, सबै बस्य मन ध्यानो॥

तिहुँ[14] भुवन[15] मैं चली बड़ाई, अस्तुति मुख-मुख गानी।

सूर स्याम की अब अर्धांगिनि, रही झार लपटानी।।15।।

❖ ❖ ❖

---

1. नष्ट करने वाली 2. घुस बैठी है 3. टेढ़ी किए हुए है 4. गाँठवाली, कपटी 5. इतने 6. निरादर, अपमान
7. गर्दन 8. झुकाते हैं 9. शयन करती है 10. दबवाती है 11. वृक्ष 12. लताएँ 13. बहने लगी 14. तीनों
15. लोक

राधा

बूझत[1] स्याम कौन तू गोरी।

कहाँ रहति, का की है बेटी, देखी नहीं कहूँ ब्रज-खोरी[2]॥

काहे कौं हम ब्रज-तन[3] आवति, खेलति रहहि आपनी पौरी[4]।

सुनत रहति स्रवननि नंद-ढोटा[5], करत फिरत माखनदधि-चोरी॥

तुम्हरौ कहा चोरि हम लैहैं, खेलन चलौं संग मिलि जोरी।

सूरदास प्रभु रसिक-सिरोमनि, बातनि भुरइ[6] राधिका भोरी॥1॥

❖ ❖ ❖

गई बृषभानु-सुता[7] अपने घर।

संग सखी सौं कहति चली यह, कौ[8] जैहैं[9] इन कैं दर[10]॥

बड़ी बेर भई जमुना आए, खीझति हैं है मैया।

बचन कहति मुख, हृदय प्रेम दुख, मन हरि लियौ कन्हैया॥

माता कहति कहाँ ही प्यारी, कहाँ अबेर[11] लगाई।

सूरदास तब कहति राधिका, खरिक देखि हौं आई॥2॥

❖ ❖ ❖

---

1. पूछते हैं 2. ब्रज की गली 3. ब्रज की तरफ 4. पोल, दरवाज़ा 5. नंद का लड़का 6. भुला दिया, बहला दिया 7. राधा 8. कौन 9. जाए 10. दरवाज़े पर 11. विलंब

नवल गुपाल, नबेली राधा, नये-प्रेम-रस पागे[1]।
अंतर बन-बिहार दोउ क्रीड़त, आपु-आपु अनुरागे।
सोभित सिथिल बसन मन मोहन, सुखवत[2] स्रम के पागे।
मानहुँ बुझी मदन की ज्वाला, बहुरि प्रजारन[3] लागे॥
कबहुँक बैठि अंस भुज धरि कै, पीक कपोलनि पागे।
अति रस-रासि लुटावत लूटत, लालचि लाल सभागे॥
नहिं छूटति रति-रुचिर झामिनी, वा रस मैं दोउ पागे।
मनहुँ सूर कल्पद्रूम की सिधि[4], लै उतरी फल आगे॥3॥

❖ ❖ ❖

उतारत हैं कंठनि तैं हार।
हरि हिय मिलत होत है अंतर, यह मन कियौ बिचार।
भुजा बाम पर कर-छबि लागति, उपमा अंत न पार।
मनहुँ कमल-दल नाल[5] मध्य तैं, उयौ[6] अद्भुत आकार॥
चुंबत अंग परस्पर जनु जुग[7], चंद करत हित-चार।
दसननि[8] बसन चाँपि सु चतुर अति, करत रंग बिस्तार॥
गुन सागर अरु रस-सागर मिलि, मानत सुख व्यवहार।
सूर स्याम स्यामा[9] नव रस रमि, रीझे नंदकुमार॥4॥

❖ ❖ ❖

---

1. डूबे हुए 2. सुखाते हैं 3. प्रज्ज्वलित, हवा देकर तेज़ करना 4. सिद्धि 5. कमल दंड 6. उत्पन्न हुआ, उदित हुआ 7. दोनों 8. दाँतों 9. राधा

आजु नंद-नंदन रंग भरे।

बिबि[1] लोचन सु बिसाल दुहुँनि के चितवत चित्त हरे।

भामिनि[2] मिले परम सुख पायौ, मंगल प्रथम करे॥

कर सौं कर जु करयौ कंचन ज्यौं, अंबुज उरज[3] धरे।

आलिंगन दै अधर पान करि, खंजन कंज लरे॥

हठ करि मान कियौ जब भामिनि, तब गहि पाइ[4] परे।

पुहुप मंजरी मुक्तनि माला, अंग अनुरागि धरे॥

रचना सूर रची बृंदावन, आनंद-काज करे॥5॥

❖ ❖ ❖

हरि हँसि भामिनी उर लाइ।

सुरति[5] अंत गोपाल रीझे, जानि अति सुखदाइ॥

हरषि प्यारी अंक भरि, पिय रही कंठ लगाइ।

हाव-भाव कटाच्छ-लोचन[6], कोक-कला सुभाइ॥

देखि बाला अतिहिं कोमल, मुख निरखि मुसुकाइ।

सूर प्रभु रति-पति के नायक[7], राधिका समुहाइ[8]॥6॥

❖ ❖ ❖

---

1. दोनों 2. स्त्री 3. उरोज, स्तन 4. पाँव 5. रति क्रीड़ा 6. तिरछी चितवन से 7. कामदेव के स्वामी
8. सम्मुख

को जानै हरि की चतुराई।

नैन-सैन संभाषन कीन्हौ, प्यारी की उर-तपनि[1] मिटाई॥

मनहीं मन दोउ रीझि मगन भए, अति आनंद उर मैं न समाई।

कर पल्लव हरि भाव बतावत, एक प्रान द्वै[2] देह बनाई॥

जननी-हृदय प्रेम उपजायौ, कहति कान्ह सौं लेहु बुलाई।

सूर स्याम गहि बाँह राधिका, ल्याये महरि बिहँसि[3] बैठाई॥7॥

❖ ❖ ❖

जसुमति राधा कुँवरि सँवारति।

बड़े बार[4] सीमंत सीस के, प्रेम सति निरुवारति[5]॥

माँग पारि बेनी जु सँवारति, गूँथी सुंदर भाँति।

गौरैं भाल बिंदु बंदन, मनु, इंदु प्रात-रबि काँति[6]॥

सारी[7] चीरि नई फरिया[8] लै, अपने हाथ बनाइ।

अंचल सौं मुख पाँछि अंग सब, आपुहि लै पहिराइ॥

तिल चाँवरी, बतासे, मेवा दियौ कुँवरि की गोद।

सूर स्याम-राधा-तनु चितवन, जसुमति मन-मन-मोद॥8॥

❖ ❖ ❖

---

1. हृदय का जाप 2. दो 3. हँसकर 4. बाल 5. बनाती है 6. चमक 7. साड़ी 8. लहँगा

तुम पै कौन दुहावै गैया।

लिए रहत हौ कनक-दोहनी, बैठत हौ अधपैया[1]॥

अति रस काम की प्रीति जानि कै, आवत खरिक[2] दुहैया।

इत चितवत[3], उत धार चलावत, यहै सिखायौ मैया ?

गुप्त प्रीति तासौं करि मोहन, जो है तेरी दैया[4]।

सूरदास प्रभु झगरौ सीख्यौ, ज्यौं घर खसम[5] गुसैंया॥9॥

❖ ❖ ❖

प्रात गई नीकैं[6] उठ घर तैं।

मैं बरजी कहँ जाति री प्यारी, तब खीझी रिस-झर तैं[7]॥

सीतल अंग स्वेद सौं बूड़ी[8], सोच परयौ मम डर तैं।

अतिहिं हठीली कह्यौ न मानति, करति आपने बर तैं॥

औरै दसा भई छिन भीतर, बोले गुनी नगर तैं।

सूर गारुड़ी[9] गुनि करि थाके, मंत्र न लागत थर तैं॥10॥

❖ ❖ ❖

---

1. आधे पाँवों पर 2. चरागाह, पशुओं के चरने की जगह 3. देखते हो 4. सौगंध 5. पति 6. अच्छी तरह 7. क्रोध में भरकर 8. डूबी हुई 9. साँप का विष उतारने वाला

चीर-हरण

रबि[1] सौं बिनय करत कर जोरे।

प्रभु अंतरजामी, यह जानी, हम कारन जल खोरे[2]॥

प्रगट भए प्रभु जलही भीतर, देखि सबनि कौ प्रेम।

मीजत पीठि सबनि कैं पाछैं, पूरन कीन्हौ नेम॥

फिरि देखैं तौ कुँवर कन्हाई, मीजत[3] रुचि सौं पीठि।

सूर निरखि सकुचीं ब्रज-जुबतीं, परी स्याम तन दीठि॥1॥

❖ ❖ ❖

हँसतन स्याम ब्रज घर कौं भागे।

लोगनि कहतिं सुनावति, मोहन करत लँगराई[4] लागे॥

हम अस्नान करतिं जल-भीतर, मींड़त[5] पीठि कन्हाई।

कहा भयौ जो नंद महर-सुत हमसां करत ढिठाई॥

लरिकाई[6] तबहीं लौं नीकी चारि वरष कै पाँच।

सूर जाइ कहिहौं जसुमति सौं, स्याम करत ये नाच[7]॥2॥

❖ ❖ ❖

---

1. सूर्य 2. स्नान 3. मलने लगे 4. शरारत 5. मलने लगे 6. लड़कपन 7. खेल

प्रेम बिबस सब ग्वालिन भई।

उरइन[1] देइ चली जसुमति कौं, मनमोहन के रूप रईं[2]॥

पुलक अंग अँगिया उर दरकी[3], हारउ तोरि कर आपु लईं।

अंचल चीरि[4], घात उन नख करि, यह मिस[5] करि नंद-सदन गईं॥

जसुमति माइ कहा सुत सिखयौ, हमकौं जैसे हाल किए।

चोली फारि हार गहि तोरे, देखौ उन नख-घात[6] दिए॥

अंचल चीरि अभुषन तोरे, घेरि धरत उठि भागि गए।

सूर महरि मन कहति स्याम धौं, ऐसे लायक कबहिं भए॥3॥

❖ ❖ ❖

ब्रज घर गईं गोप-कुमारि।

नैंकहूँ[7] कहुँ मन न लागत, काम धाम बिसारि[8]॥

मात-पितु कौं डर न मानति, सुनति नाहिं न गारि[9]।

हठ करतिं, बिरुझातिं[10], तब जिय जननि-जानति बारि॥

प्रातहीं उठि चलीं सब मिलि, जमुना-तट सुकुमारि।

सूर प्रभु ब्रत देखि इनकौ, नहिंन परत सम्हारि॥4॥

❖ ❖ ❖

---

1. उलाहना 2. अनुरक्त हो गईं 3. फट गई 4. फाड़कर 5. बहाना 6. नख क्षत 7. थोड़ा-सा
8. भुला दिया है 9. गाली 10. उलझती हैं, झगड़ती हैं

बनत नहीं जमुना कौ ऐबौ[1]।

सुंदर स्याम घाट पर ठाढ़े, कहौ कौन बिधि जैबौ[2]॥

कैसैं बसन उतारि धरैं हम कैसैं जलहिं समैबौ[3]।

नंद-नंदन हमकों देखेंगे, कैसे करि जु अन्हैबौ[4]॥

चोली, चीर, हार लै भाजत[5], सो कैसैं करि पैबौ[6]।

अंकन[7] भरि-भरि लेत सूर-प्रभु, कालिह न इहिं पथ ऐबौ॥5॥

❖ ❖ ❖

कैसैं बनै जमुना-न्हान।

नंद कौ सुत तीर बैठौ, बड़ौ चतुर सुजान॥

हार तोरै, चीर फारै, नैन चलैं चुराइ।

कालिह धोखे कान्ह मेरी, पीठि मींजी[8] आइ॥

कहति जुबती बात, सुनि सब, थकित[9] भई ब्रज-नारि।

सूर-प्रभु कौ ध्यान धरि मन, रबिहिं[10] बाहँ पसारि॥6॥

❖ ❖ ❖

---

1. आना 2. जाना 3. समाना, उतरना 4. नहाएँगे 5. भगते हैं 6. पाएँगी 7. छाती 8. मली, रगड़ी
9. ठहर गई 10. सूर्य को

तरुनीं निकसि[1] निकसि तट आईं।

पुनि-पुनि कहत लेहु पट-भूषन[2], जुवती स्याम बुलाईं॥

जल तैं निकसि भईं सब ठाढ़ी, कर अंग उर[3] पर दीन्हे॥

बसन देहु आभूषन राखहु, हा-हा पुनि पुनि कीन्हे॥

ऐसैं कहा बतावति हौ मोहि, बाँह उठाइ निहारौ।

कर सौं कहा अंग उर मूँदौ, मेरे कहैं उघारौ॥

सूरस्याम सोई-सोई[4] हम करिहैं, जोई-जोई[5] तुम सब कैहौ।

सैंहैं दाउँ कबहुँ हम तुमसौं, बहुरि कहाँ तुम जैहौ॥7॥

❖ ❖ ❖

ललन तुम ऐसे लाड़ लड़ाए।

लै करि चीर कदम[6] पर बैठे, किन ऐसैं ढंग लाए॥

हा हा करति, कंचुकी माँगति, अंबर दिए मन भाए।

कीन्ही प्रीति प्रगट मिलिबे कौं, सबके सकुच गँवाए॥

दुख अरु हाँसी सुनौ सखी री, कान्ह अचानक आए।

सूर स्याम कौ मिलन सखी अब, कैसैं दुरत दुराए[7]॥8॥

❖ ❖ ❖

---

1. निकलकर 2. वस्त्र और आभूषण 3. उरोज 4. वही-वही 5. जो-जो 6. कदम्ब 7. छिपाने
से छिपता है

भ्रमर गीत

ऊधौ तुम यह निहचै[1] जानौ।

मन, बच, क्रम मैं तुमहि पठावत[2], ब्रज कौं तुरत पलानौ[3] ॥

पूरन ब्रह्म अकल अविनासी, ताके तु हौ ज्ञाता।

रेख न रूप जाति कुल नाहीं, जाके नहि पितु माता॥

यह मत दै गोपिनि कौं आवहु, बिरह नदी मैं भासत[4]।

सूर तुरत तुम जाइ कहौ यह, ब्रह्म बिना नहिं आसत[5]॥1॥

❖ ❖ ❖

ऊधौ बेगिहीं[6] ब्रज जाहु।

स्रुति[7] संदेस सुनाइ मेटौ बल्लभिनि[8] कौ दाहु[9] ॥

काम पावक, तूल[10] तन मैं, बिरह स्वास समीर।

जरि भसम नहिं होन पावैं, लोचननि के नीर॥

आजु लौ इहिं भाँति हैं वै, कछुक सजग सरीर।

इते पर बिनु समाधानहिं, क्या धरैं तिय[11] धीर॥

बार-बार कहा कहौं, तुम सखा साधु प्रवीन।

सूर सुमति बिचारिए, जिहिं जिएँ जल बिनु मीन[12] ॥2॥

❖ ❖ ❖

---

1. निश्चय 2. भेजता हूँ 3. प्रस्थान करो 4. डूबती है 5. है 6. शीघ्र ही 7. वेद 8. प्रियाओं, गोपियों
9. ताप, जलन 10. रुई 11. स्त्री 12. मछली

ऊधौ इतनी-कहियौ जाइ।

हम आवैंगे दोऊ भैया, भैया जनि अकुलाइ॥

याकौ बिलग[1] बहुत हम मान्यौ, जो कहि पठयौ धाइ[2]।

वह गुन हमकौ कहा बिसरिहै, बड़े किए पय[3] प्याइ॥

अरु जब मिल्यौ नंद बाबा सौं, तब कहियौ समुझाइ।

तौं लौं दुखी होन नहिं पावैं धौरी[4] धूमरि[5] गाइ[6]॥

जद्यपि इहाँ अनेक भाँति सुख, तदपि रह्यौ नहिं जाइ।

सूरदास देखौं ब्रजबासिनि, तबहीं हियौ सिराइ[7]॥3॥

❖ ❖ ❖

नीकै[8] रहियौ जसुमति मैया।

आबैं[9] दिन चारि पाँच में, हम हलधर दोउ भैया॥

नोई[10], बेंत[11], बिषान[12], बाँसुरी, द्वार अबेर[13] सबेरैं।

लै जनि जाइ चुराइ राधिका, कछुव खिलौना मेरे॥

जा दिन तैं हम तुमतें बिछुरे, कोउ न कहत कन्हैया।

उठि न सबेरे कियौ कलेऊ, साँझ न चोपी[14] धैया[15]॥

कहिये कहा नंद बाबा सौं, जितौं निठुर मन कीन्हौ।

सूरदास पहुँचाइ मधुपुरी, फेरि न सोधौ[16] लीन्हौ॥4॥

❖ ❖ ❖

---

1. अलग 2. धाय, पालन करने वाली माँ 3. दूध 4. सफ़ेद 5. काली 6. गाय 7. ठंडा, शीतल
8. अच्छे 9. आएँगे 10. दूध दुहते समय गाय के पाँवों में बाँधने वाली रस्सी 11. लकड़ी
12. सींगवाले बाजे 13. देर 14. पीना, चूसना 15. थन से निकलने वाली सीधी दूध की धार
16. खोज-ख़बर

वैसोइ रथ वैसेइ सब साज।

मानहु गहुरि[1] बिचारि कछू मन, सुफलक सुत[2] आयौ ब्रज आज॥

पहिलैंइ गमन गयौ लै हरि कौ, परम सुमति राषौ रति राज।

अजहूँ[3] कहा कियौ चाहत है, यातैं अधिक कंस कौ काज॥

ब्याध[4] जु मृगनि[5] बधत सुनि सजनी सो सर काढ़ि सग नहिं लेत।

यह अक्रूर कठिन की नाईं हिए विषम इतनौ दुख देत॥

ऐसे बचन बहुत बिधि कहि, लोचन भरि सींचति उर गात।

सूरदास-प्रभु अवधि जानि कैं, चलीं सबै पूछन कसलात॥5॥

❖ ❖ ❖

कोउ ब्रज बाँचत नाहिंन पाती[6]।

कोउ ब्रज बाँचत नाहिंन पाती।

कत लिखि-लिखि पठवत नंद-नंदन कठिन बिरह की काँती[7]॥

नैन सजल कागद अति कोमल, कर अँगुरी अति ताती[8]।

परसैं जरे, बिलोकैं भींजै, दुहूँ[9] भाँति दुख छाती॥

को बाँचे ये अंक[10] सूर-प्रभु, कठिन मदन-सर-घाती[11]।

सब सुख लै गए स्याम मनोहर, हमकाँ दुख दै थाती[12]॥6॥

❖ ❖ ❖

---

1. गंभीर 2. अक्रूर 3. अब 4. शिकारी 5. हिरण 6. पत्र 7. कतरनी, काटने का एक उपकरण
8. गर्म 9. दोनों 10. अक्षर 11. कामदेव के बाण से आहत करने वाला 12. धरोहर

इहिं अंतर मधुकर[1] इक आयौ।

निज स्वभाव अनुसार निकट है सुंदर सब्द सुनायौ॥

पूछन लागीं ताहिं गोपिका, कुबिजा तोहि पठायौ।

कीधौं[2] सूर स्याम सुंदर कौं, हमैं सँदेसौ लायौ॥7॥

❖ ❖ ❖

सुनौ गोपी हरि कौ संदेस।

करि समाधि अंतर-गति ध्यावहु, यह उनकौ उपदेस॥

वै अविगत अविनासी पूरन, सब-घट रहे समाइ।

तत्व ज्ञान बिनु मुक्ति नहीं है, बेद पुरान्नि गाइ॥

सगुन रूप तजि निरगुन ध्यावहु[3], इक चित इक मन लाइ।

वह उपाइ करि बिरह तरौ तुम, मिलै ब्रह्म तब आइ॥

दुसह[4] संदेस सुनत माधौ कौं, गोपी जन बिलखानी।

सूर बिरह की कौन चलावै, बूड़तिं[5] मनु बिनु पानी॥8॥

❖ ❖ ❖

---

1. भ्रमर 2. अथवा 3. ध्यान करो 4. दुस्सह, कठिन 5. डूबती है

ऊधौ बेगि[1] मधुबन जाहु।

जोग लेहु सँभारि अपनौ, बेचियै जहँ लाहु[2] ॥

हम बिरहिनि नारि, हरि बिनु कौन करै निबाहु[3] ।

तहीं दीजै मूल पूरै, नफौ[4] तुम कछु खाहु ॥

जो नहीं ब्रज में बिकानौं, नगर नारि बिसाहु[5] ।

सूर वै सब सुनत लैहें, जिय कहा पछिताहु ॥9॥

❖ ❖ ❖

ऊधौ जाहु तुमहिं हम जानें[6] ।

स्याम तुमहिं ह्वाँ कौं नहिं पठयौ, तुम हौ बीच भुलाने ॥

ब्रजनारिनि सौं जोग कहत हौ, बात कहत न लजाने ।

बड़े लोग न बिवेक तुम्हारे, ऐसे भए अयाने[7] ॥

हमसौं कही लई हम सहि कैं, जिय गुनि लेहु सयाने ।

कहँ अबला कहँ दसा दिगंबर[8], मष्ट करौ पहिचाने ॥

साँच कहौं तुमकौं अपनी सौं[9], बूझतिं[10] बात निदाने ।

सूर स्याम जब तुमहिं पठायौ, तब नैंकहुँ[11] मुसकाने ॥10॥

❖ ❖ ❖

---

1. शीघ्र 2. लाभ 3. निर्वाह 4. लाभ, फ़ायदा 5. बेच दो 6. जानती हैं 7. अज्ञानी 8. वस्त्रहीन
9. सौगंध 10. पूछती हैं 11. थोड़ा-सा

ऊधौ हम आजु भईं बड़भागी[1]।

जिन अँखियनि तुम स्याम बिलोके, ते अँखियाँ हम लागीं॥

जैसे सुमन बास[2] लै आवत, पवन मधुप अनुरागी।

अति आनंद हेत है तैसैं, अंग-अंग सुख रागी॥

ज्यौं दरपन मैं दरस देखियत, दृष्टि परम रुचि लागी।

तैसैं सूर मिले हरि हमकौं, बिरह-बिथा तन-त्यागी॥11॥

❖ ❖ ❖

बिलग जनि[3] मानौं हमरी बात।

डरपतिं[4] बचन कठोर कहत अलि, मति बिनु पति उठि जात॥

जो कोउ कहै जरै कछु अपनैं फिरि पाछैं पछितात।

जो प्रसाद पावत तुम ऊधौ, कृष्ण नाम लै खात॥

मन जु तिहारो हरि चरननि तर, अचल रहत दिन प्रात।

सूर स्याम तैं जोग अधिक है, कत कहि आवै बात॥12॥

❖ ❖ ❖

---

1. सौभाग्यवान 2. सुगंध 3. मत 4. डरती हैं

मधुकर छाँड़ि[1] अटपटी बातैं।

फिरि-फिरि बार-बार सोइ[2] सिखवत, हम दुख पावतिं जातैं[3]॥

हम दिन देति असीस प्रात उठि, बार[4] खसौं[5] मत न्हातैं[6]।

तुम निसि दिन उर अंतर सोचत, ब्रज जुवतिनि की घातैं[7]॥

पुनि-पुनि तुमहिं कहत कब आवै, कछुक सकुच है नातैं।

सूरदास जे रँगीं स्याम रंग, फिरि न चढ़ै रंग यातैं॥13॥

❖ ❖ ❖

मधुकर जुवती[8] जोग न जानैं।

एक पतिव्रत हरि रस जिनकैं, और हृदै नहिं आनैं[9]।

जिनके रंग रस रस्यौ[10] रैनि-दिन, तन मन सुख उपजायौ॥

जिन सरबस हरि लियौ रूप धरि, वहै रूप मन भायौ।

तू अति चपल आपनैं रस कौ, या रस मरम न जानै॥

पूछौ सूर चकोर चंद, चातक घन केवल मानैं॥14॥

❖ ❖ ❖

---

1. छोड़ दो 2. वही 3. जिससे 4. बाल 5. टूटे 6. नहाते हुए 7. चोटें 8. युवती 9. अन्य
10. रस लिया

अँखियाँ हरि दरसन की भूखीं।

कैसैं रहति रूप-रस राँची[1], ये बतियाँ सुनि रूखी॥

अवधि गनत, इकटक मग[2] जोवत, तब इतनौं नहिं झूखीं[3]।

अब यह जोग सँदेसौ सुनि-सुनि, अति अकुलानी दूखीं॥

बारक[4] वह मुख आनि दिखावहु, दुहि पया पिवत पतूखी[5]।

सूर सुकत हठि नाव चलावत, ये सरिता हैं सूखी॥15॥

❖ ❖ ❖

पूरनता इन नैननि पूरे[6]।

तुम पुनि कत सुनति हम समुझति, येही दुख अति मरत बिसूरे[7]॥

हरि अंतरजामी सब बूझत, बुद्धि बिचारि सु बचन समूरे।

वै हरि रतन रूप-सागर के, क्यौं पाइयै खनावत[8] घूरे[9]॥

रे अति चपल मोद[10]-रस लंपट, कटु संदेस कथत कत चूरे।

कहँ मुनि ध्यान कहाँ ब्रज-बासिनि कैसैं जात कुलिस[11] कर चूरे॥

देखि बिचारि प्रगट सरिता सर, सीतल सजल स्वाद रुचि रूरे।

सूर स्वाति की बूँद लगी जिय, चातक चित लागत सब झूरे[12]॥16॥

❖ ❖ ❖

---

1. रची हुई 2. मार्ग 3. दु:खी 4. एक बार 5. पत्ते 6. समाए हुए हैं 7. चिंता में 8. खोदते हो
9. कचरे का ढेर 10. सुगंध 11. वज्र 12. सूखे हुए

तुम अलि कासौं कहत बनाइ[1]।

बिनु समुझैं हम फिरि फिरि बूझतिं[2], बारक[3] बहुरौ गाइ॥

कहु किहिं गमन कियौ स्यंदन[4] चढ़ि, सुफलक-सुत के संग।

किहिं बधि रजक[5] लिए नाना पट, पहिरे अपने अंग॥

किहिं हति[6] चाप[7] निदरि गज निज बल, किहिं मल्लनि मथि जाने।

उग्रसेन बसुदेव देवकी किहिं ब निगड़ तैं आने॥

काकी करत प्रसंसा निसि दिन, कौनैं घोष[8] पठाए।

किहिं मातुल हति कियौ जगत जस, कौन मधुपुरी छाए॥

माथैं मोर मुकुट उर गुंजा, मुख मुरली कल बाजै।

सूरदास जसुदा नंद-नंदन, गोकुल कान्ह बिराजै॥17॥

❖ ❖ ❖

निरगुन कौन देस कौ बासी[9]?

मधुकर कहि समुझाइ सौं हदै, बूझतिं साँच न हाँसी॥

को है जनक, कौन है जननी, कौन नारि, को दासी?

कैसे बरन[10], भेष है कैसी, किहिं रस मैं अभिलाषी[11]?

पावैगौ पुनि कियौ आपनौ, जो रे करैगौ गाँसी[12]।

सुनत मौन है रह्यौ बावरौ, सूर सबै मति नासी[13]॥18॥

❖ ❖ ❖

---

1. बनाकर, बढ़ा-चढ़ाकर 2. पूछ रही हैं 3. एक बार 4. रथ 5. धोबी 6. तोड़ा 7. धनुष
8. गाँव, बस्ती 9. निवास करने वाला 10. रंग 11. अभिलाषा, इच्छा करने वाला 12. उपहास, झूठ
13. नष्ट हो गई

ऊधौ कहा हमारी चूक।

वे गुन ये अवगुन सुनि हरि के, हृदय उठति है हूक॥

बिनही काज छाँड़ि गए मधुबन, हम घटि[1] कहा करी।

तन, मन, धन आतमा निवेदन, सौं उन चितहिं[2] धरी॥

रीझे, जाइ सुंदरि कुबिजा, इहिं दुख आवति हाँसी।

यद्यपि कूर, कुरूप, कुदरसन, तद्यपि हम ब्रजबासी॥

ऐतऊ[3] ऊपर प्रान रहत[4] घट, कहौ कौन सौं कहियै।

पूरब कर्म लिखे[5] बिधि[6] अच्छर, सूर सबै सो सहियै॥19॥

❖ ❖ ❖

ऊधौ तुम ब्रज में पैठ[7] करी।

लै आए हौ नफा जानि कै, सबै बस्तु अकरी[8]॥

हम अहीर माखन मथि बेचैं, सगुन टेक[9] पकरी।

यह निर्गुन निरमोल गाठरी[10], अब किन करत थेरी॥

यह ब्यौपार उहाँ जु समातौ[11], हुती[12] बड़ी नगरी।

सूरदास गाहक नहिं कोऊ, देखियत गरे[13] परी॥20॥

❖ ❖ ❖

---

1. कमी 2. चित्र में 3. इतने पर भी 4. शरीर 5. विधाता 6. अक्षर 7. घुस या जम गए 8. बिना बिकी 9. प्रण 10. गठरी 11. सामने वाला, जिसका कोई ग्राहक हो 12. है 13. गले

जोग ठगौरी[1] ब्रज न बिकैहै[2]।

मूरी[3] के पातनि[4] के बदलैं, को मुक्ताहल दैहै॥

यह ब्यौपार तुम्हारौ ऊधौ, ऐसैं ही धरयौ रैहै।

जिन पै तैं लै आए ऊधौ, तिनहिं के पेट समैहै॥

दाख छाँड़ि कै कटुक[5] निबौरी[6], को अपने मुख खैहै।

गुन करि मोही सूर सावरैं, को निरगुन निरबैहै[7]।।21।।

❖ ❖ ❖

हम तौ कान्ह केलि[8] की भूखी।

कहा करैं लै निरगुन तुम्हरौ, बिरहिनी बिरह बिदूषी[9]॥

कहियै कहा यहै नहिं जानत, कहौ जोग किहि जोग।

पा[10] लागौं तुमहीं से वा पुर[11], बसत बावरे लोग॥

चंदन, अभरन[12], चीर चारु[13] बर, ने आपु तन कीजै।

दंड, कमंडल, भसम, अधारी[14], तब जुवतिनि कौं दीजै॥

सूर देखि दृढ़ता गोपिन की, ऊधौ दृढ़ ब्रत पायौ।

करी कृपा जदुनाथ मधुप कौं, प्रेमहिं पढ़न पठायौ[15]।।22।।

❖ ❖ ❖

---

1. ठगने वाली 2. बिकेगी 3. मूली 4. पत्ते 5. कड़वी 6. निबौरी (नीम का फल) 7. निर्वाह 8. क्रीड़ा 9. दुखी 10. पाँव 11. नगर, गाँव 12. अभरन; वस्त्र 13. सुंदर 14. आधारिका, आश्रय (जोगियों के पास रहनेवाली लकड़ी) 15. भेजा

ऊधौ मन न भए दस बीस।

एक हुतौ[1] सो गयौ स्याम संग, को अवराधै[2] ईस॥

इंद्री सिथिल[3] भई केसव बिनु, ज्यौं देही बिनु सीस।

आसा लागि रहति तन स्वासा, जीवहिं कोटि बरीस॥

तुम तौ सखा स्याम सुंदर के, सकल जोग के ईस।

सूर हमारैं नंदनंदन बिनु, और नहीं जगदीस॥23॥

❖ ❖ ❖

इहिं उर माखन चोर गड़े।

अब कैसैं निकसत सुनि ऊधौ, तिरछे है[4] जु अड़े[5]॥

जदपि अहीर जसोदा-नंदन, कैसैं जात छँड़े[6]।

ह्वाँ[7] जादौपति[8] प्रभु कहियत हैं, हमैं न लगत बड़े॥

को बसुदेव-देवकी नंदन, को जानैं को बूझै।

सूर नंदनंदन के देखत, और न कोऊ सूझै॥24॥

❖ ❖ ❖

---

1. था 2. आराधना करे 3. शिथिल 4. होकर 5. अड़ गए हैं 6. छोड़े 7. वहाँ 8. यादवपति

मधुकर जौ तू हितू[1] हमारौ।

तौ प्यावहि[2] हरि बदन[3] सुधा-रस, छाँड़ि जोग-जल[4] खारौ।

सुनि सठ नीति सुरभि[5] पय दायक, क्यौं जु लेति हल भारौ॥

जे भय भीत होहिं स्रक देखैं, क्यौं ब छुवहिं अहि[6] कारौ[7]।

निज कृत समुझि बिनु दसनन हति, धाम सजत नहिं हारौ॥

ता बल अछत निसा पंकज भ्रमि, दल कपाट नहिं टारौ।

रे अलि चपल मोद-रस लंपट, कतहिं बकत[8] बेकाज[9]॥

सूर स्याम छबि क्यौं बिसरति[10] है, नखसिख अंग बिराज॥25॥

❖ ❖ ❖

बिलग[11] जनि मानौ ऊधौ कारे।

वह मथुरा काजर की ओबरी[12], जे आवैं ते कारे॥

तुम कारे सुफलक सुत कारे, कारे कुटिल सँवारे।

कमलनैन की कौन चलावै, सबहिनि मैं मनियारे॥

मानौ नील माट तैं काढ़े, जमुना आइ पखारे[13]।

तातैं[14] स्याम भई कालिंदी[15], सूर स्याम गुन न्यारे॥26॥

❖ ❖ ❖

---

1. हित करने वाला 2. पिता 3. मुँह 4. नमकीन 5. गाय 6. साँप 7. काला 8. बकता 9. व्यर्थ
10. भूलती 11. अलग 12. कमरा 13. धोए, प्रक्षालन कर दिया 14. जिससे 15. यमुना

ऊधौ भली भई ब्रज आए।

बिधि[1] कुलाल[2] कीन्हे काँचे घट[3] ते तुम आनि पकाए॥

रंग दीन्हौ हो कान्ह साँवरें, अंग-अंग चित्र बनाए।

पातैं गरे न नैन ने तैं, अवधि अटा[4] पर छाए॥

ब्रज करि अवाँ[5] जोग ईंधन करि, सुरति आनि सुलगाए।

फूँक उसास बिरह प्रजरनि[6] संग, ध्यान दरसन सियराए॥

भरे संपूरन सकल प्रेम-जल, छुवन[7] न काहू पाए।

राज काज तैं गए सूर-प्रभु, नंद नंदन कर लाए॥27॥

❖ ❖ ❖

ऊधौ जोग बिसरि जनि[8] जाहु।

बाँधौ गाँठिं छूटि परिहै कहुँ, फिरि पाछैं[9] पछिताहु[10]॥

ऐसी बहुत अनूपम मधुकर, मरम न जानै और।

ब्रज बनितनि के नहीं काम की, है तुम्हरेई ठौर॥

जो हित करि पठयौ मनमोहन, सो हम तुमकौ दीनौ।

सूरदास ज्यौं बिप्र[11] नारियर[12], करहीं बंदन[13] कीनौ॥28॥

❖ ❖ ❖

---

1. ब्रह्मा 2. कुम्हार 3. घड़े 4. अटारी 5. आँवा 6. प्रज्ज्वलित करके 7. स्पर्श 8. मत 9. पीछे, बाद में 10. पश्चाताप करोगे 11. ब्राह्मण 12. नारियल 13. वंदना करके

ऊधौ कहा कहत बिपरीत[1]।

जुवतिनि जोग सिखावन आए, यह तौ उलटी रीति॥
जोतत[2] धेनु दुहत पय[3] वृष[4] कौ, करन लगे जु अनीति।
चक्रवाक[5] ससि कौं क्यौं जानै, रवि[6] चकोर कहँ प्रीति॥
पाहन[7] तरै सोलह जौ बूड़ै, तौ हम मानैं नीति।
सूर स्याम प्रति अंग माधुरी, रही गोपिका जीति॥29॥

❖ ❖ ❖

मधुकर भली करी तुम आए।

वै बातैं कहि कहि या दुख मैं, ब्रज के लोग हँसाए॥
मोर मुकुट मुरली पीतांबर, पठवहु सौंज[8] हमारी।
आपुन जटाजूट, मुद्रा धरि[9], लीजै भस्म अधारी॥
कौन काम बृंदावन कौ सुख, दही भात की छाक।
अब वै स्याम कूबरी दोऊ, बने एक ही ताक॥
वै प्रभु बड़े सखा तुम उनके, जिनके सुगम[10] अनीति।
या जमुना जल कौ सुभाव यह, सूर बिरह की प्रीति॥30॥

❖ ❖ ❖

---

1. प्रतिकूल, उल्टा 2. जोतते हो 3. दूध 4. बैल 5. चकवा 6. सूर्य 7. पत्थर 8. सौगंध 9. धारण करके 10. आसान

काहे कौं रोकत मारग सूधौ[1]।

सुनहु मधुप निरगुन कंटक[2] तैं, राजपंथ क्यौं रूँधौ[3]॥

कै तुम सिखि पठए हौ कुबिजा, कह्यौ स्यामघनहूँ धौं।

वेद पुरान सुमृति सब ढूँढ़ौ, जुवतिनि जोग कहूँ धौं॥

ताकौ कहा परेखौ[4] कीजै, जानै छाँछ न दूधौ।

सूर मूर[5] अक्रूर गयौ लै, ब्याज निबेर[6] ऊधौ॥31॥

❖ ❖ ❖

ऊधौ जोग जोग[7] हम नाहीं।

अबला सार-ज्ञान कह जानैं, कैसैं ध्यान धराहीं॥

तेई मूँदन नैन कहत हौ, हरि मूरति जिन माहीं।

ऐसी कथा कपट की मधुकर, हमतैं सुनी न जाहीं॥

स्रवन[8] चीरि[9] सिर जटा बँधावहु, ये दुख कौन समाहीं।

चंदन तजि अंग भस्म बतावत, बिरह-अनल अति दाहीं[10]॥

जोगी भ्रमत जाहि लगि भूले, सो तौ है अप माहीं।

सूर स्याम तैं न्यारी न पल छिन, ज्यौं घट तैं परछाहीं॥32॥

❖ ❖ ❖

---

1. सरल 2. काँटे 3. अवरुद्ध या बाधित करो 4. परीक्षण 5. मूल (कृष्ण) 6. एकत्र करना
7. योग, योग्य 8. कान 9. चीरकर 10. जलाने वाला

ऊधौ कहियै बात सोहती[1]।

जाहि ज्ञान सिखवन तुम आए, को कहि ब्रज में को हती[2]॥

अंतहुँ सिख तुम सुनहु हमारी, कहियत बात बिचारि।

फुरत[3] न बचन कछू कहिबे कौं, रहे सोचि पयि[4] हारि॥

देखियत हौ करुना की मूरति, सुनियत हौ पर पीरक[5]।

सोइ करौ ज्यौं मिटै हृदै को दाहु, परै उर सीरक[6]॥

राजपंथ तैं टारि बतावत, ऊजर[7] कुचल[8] कुपैंड़ौ[9]।

सूरदास सो समाइ कहाँ लौं, छेरी[10] बदन कुम्हैड़ौ[11]॥33॥

❖ ❖ ❖

ऊधौ कोकिल कूजत कानन[12]।

तुम हमकौं उपदेस कर हौ, भस्म लगावत आनन[13]॥

औरौ सिखी[14] सखा संग लै है, टेरत चले पखानन[15]।

बहुरौ आइ पपीहा कैं मिस, मदन हनत निज बानन॥

हमतौ निपट[16] मासी के आगैं जानत[17] नानी नानन॥

तुम तौ हमैं सिखावन आए, जोग होइ निरवानन[18]।

सूर मुक्ति कैसैं पूजति है, वा मुरली के तानन॥34॥

❖ ❖ ❖

---

1. अच्छी लगने वाली 2. थी 3. शीघ्र 4. प्रयत्न करके 5. अप्रिय 6. ठंडा 7. उजाड़ 8. नहीं चलने वाला 9. कुमार्ग 10. बकरी 11. कुम्हड़ा (एक फल) 12. वन 13. मुख 14. मोरनियाँ 15. पत्थरों (पहाड़ों) 16. एकदम 17. ज्ञानियों 18. निर्वाण

आयौ घोष[1] बड़ौ ब्यौपारी।

खेप[2] लादि गुरु ज्ञान जोग की, ब्रज मैं आनि[3] उतारी॥

फाटक[4] दै कै हाटक[5] माँगत, भोरौं[6] निपट सुधारी[7]।

धुरहीं[8] तैं खोटौ[9] खायौ है, लिये फिरत सिर भारी॥

इनकैं कहे कौन डहकावे[10], ऐसी कौन अनारी[11]।

अपनौ दूध छाँड़ि को पीवै, खारे कूप कौ वारी[12]॥

ऊधौ जाहु सबारैं[13] ह्याँ त, बेगि गहरु[14] जनि लावहु।

मुख मागौ पैहौ सूरज-प्रभु साहुहिं[15] आनि दिखावहु॥35॥

❖　❖　❖

हमारे हरि हारिल[16] की लकरी।

मनक्रम बचन नंदनंदन उर, यह दृढ़ करि पकरी[17]॥

जागत सोवत स्वप्न दिवस-निसि, कान्ह-कान्ह जकरी[18]।

सुनत जोग लागत है ऐसौ, ज्यौं करुई[19] ककरी॥

सु तौ ब्याधि हमकौं लै आए, देखी सुनी न करी।

यह तौ सूर तिनहिं लै सौंपौ, जिनके मन चकरी[20]॥36॥

❖　❖　❖

---

1. गाँव 2. गठरी 3. आकर 4. फरकन (कचरा) 5. सोना 6. अबोध 7. सुधारक 8. शुरू से ही 9. नुकसान 10. बहकावे 11. अनाड़ी 12. जल 13. जल्दी से 14. विलंब 15. साहूकार 16. एक पक्षी (जो अपनी चोंच में तिनका दबाए रखता है) 17. पकड़ी 18. रट 19. कड़वी 20. भ्रम, दुविधा

जौ कोउ बिरहिन कौ दुख जानै।

तौ तजि सगुन साँवरी मूरति, कत[1] उपदेसै ज्ञानै।

कुमुद चकोर मुदित बिधु निरखत, कहा करै लै भानै[2]।

चातक सदा स्वाति कौ सेवक, दुखित होत बिनु पानै॥

भौंर, कुरंग काग, कोइल कौं, कविजन कपट बखानैं।

सूरदास जौ सरबस दीजै, कारे[3] कृतहि[4] न मानैं॥37॥

❖ ❖ ❖

बिनु गोपाल बैरिनि[5] भईं कुंजैं।

तब वै लता लगतिं तन सीतल, अब भइँ बिषम ज्वाल की पुंजैं॥

वृथा[6] बहति जमुना, खग बोलत, वृथा, कमल-फूलनि अलि-गुंजैं।

पवन, पान, घनसार[7], सजीवन, दधि-सुत[8] किरनि भानु भई भुंजैं[9]॥

यह ऊधौ कहियौ माधौ सौं, मदन मारि कीन्हीं हम लुंजैं[10]॥

सूरदास-प्रभु तुम्हरे दरस कौं, मग-जोवत अँखियाँ भईं छुंजैं[11]॥38॥

❖ ❖ ❖

---

1. क्यों 2. सूर्य 3. काले 4. कृतज्ञता 5. दुश्मन 6. व्यर्थ 7. कपूर 8. चंद्रमा 9. गूँजती या जलाती हैं 10. लुंज-पुंज (घायल) 11. ज्योतिहीन

सुनि ऊधौ मोहिं नैकु[1] न बिसरत वै ब्रजवासी लोग।
तुम उनकौ कछु भली न कीन्हीं, निसि दिन दियौ वियोग॥
जउ वसुदेव-देवकी मथुरा, सकल राज-सुख भोग।
तद्यपि मनहिं बसत बंसी बट, बन जमुना संजोग॥
वै उत रहत प्रेम अवलंबन, इत तैं[2] पठयौ जोग।
सूर उसाँस छाँड़ि भरि लोचन, बढयौ बिरह ज्वर सोग[3]॥39॥

❖ ❖ ❖

ऊधौ मोहिं ब्रज बिसरत नाहीं।
हँस-सुता[4] की सुंदर कगरी[5], अरु कुंजनि की छाँहीं॥
वै सुरभी[6] वै बच्छ[7] दोहिनी, खरिक दुहावन जाहीं[8]।
ग्वाल-बाल मिलि करत कुलाहल नाचत गहि गहि बाहीं॥
यह मथुरा कंचन की नगरी, मुनि-मुक्ताहल जाहीं।
जब हिं सुरति[9] आवति वा सुख की, जिय उमगत तन नाहीं॥
अनगन भाँति करी बहु लीला, जसुदा नंद निबाहीं।
सूरदास प्रभु रहे मौन है, यह कहि-कहि पछिताहीं॥40॥

❖ ❖ ❖

❑❑❑

---

1. थोड़ा-सा 2. इधर से 3. शोक 4. यमुना 5. तट 6. गाय 7. बछड़े 8. जहाँ 9. स्मृति